--Spirit of Orion--

Lost Eden

1

Eines Tages wird alles gut sein, das ist unsere Hoffnung. Heute ist alles in Ordnung, das ist unsere Illusion.

Voltaire

Wo wirst du stehen, wenn du endgültig die letzte Hoffnung verlierst und der gnadenlose Sturm des Krieges wie ein Meer aus Flammen losbricht? Wenn es keinen Platz oder Ort mehr gibt, an dem du sicher bist. Wenn deine schönen Träume vergehen und du dein Lächeln für immer verlierst, wirst du dich dann verstecken oder deinen Freunden loyal beistehen? Wenn du innerlich fast zerbrichst, wirst du trotzdem aufbegehren und deine Ängste überwinden? Wirst du nachgeben oder trotz des Schreckens anfangen zu kämpfen? Ist der Feind auch übermächtig, wird er deinen Willen jedoch niemals brechen, der dich antreibt und deinen Kampfgeist belebt. Wenn der schlimmste Albtraum dich einholt, bist du in der Realität angekommen. Du blickst auf deine Narben, du spürst den innerlichen Schmerz, doch du wirst bis zum letzten Atemzug für die Freiheit deiner Heimat kämpfen. Du wirst vehement das verteidigen, was du liebst und ehrst. Zwischen rauchenden Trümmern und züngelnden Flammen unterhalb des nächtlichen Sternenhimmels wirst du den Tyrannen die Stirn bieten. Du kannst nicht davonlaufen. Dein Wille zäh wie Leder, deine Entschlossenheit fest wie ein Fels in der Brandung, so wirst du dich der Bedrohung entgegenstellen. Dein Herz steht in Flammen, deine Seele beginnt zu kämpfen und sucht den Weg zur Freiheit. Du stehst am Abgrund, doch in den finstersten Zeiten trägst du das Licht.

Prolog

Was für uns nichts weiter als eine utopische Vorstellung oder ein unerreichbarer Traum war, schien auf Kanzuma im Orion-System Normalität gewesen zu sein. Dieser lebensfreundliche Planet war etwas kleiner als die Erde in unserem Sonnensystem und wurde seit Ewigkeiten von zwei unterschiedlichen Völkern bewohnt, die in einer friedlichen Koexistenz miteinander lebten und sich das üppige Territorium gemeinsam teilten. Diese beiden Nationen lebten getrennt voneinander, jedoch betrieben sie miteinander einen Güteraustausch und konnten sich auch gelegentlich bereisen.
Sie waren nicht isoliert. Ein Ozean trennte die beiden Kontinente. Innerhalb der nördlichen Hemisphäre waren die Orte teilweise dicht bewaldet und es herrschten zeitweise kühle Temperaturen.
Dort gab es unter anderem Fichten, die bis zu 80 Meter emporragten. In manchen Wäldern befanden sich Sümpfe, in denen Amphibien lebten. Nur wenige Tiere galten als bedrohlich. Zudem gab es hügelige Landschaften und Gebirge, wo man wilde Vogelarten vorfand. Es war der einzige erdähnliche Planet im gesamten Sternensystem, der bei manchen Astrophysikern sicherlich Erstaunen hervorgerufen hätte. Zumal die dortigen sesshaften Bewohner wie gewöhnliche Menschen aussahen. Die beiden Völker, die durch einen Ozean getrennt wurden, unterschieden sich jedoch hinsichtlich der kulturellen Eigenschaften. Der Kontinent südlich des Äquators war

durch Wüstensteppen und zahlreichen Höhlen geprägt, die teilweise unterirdisch verliefen. Es gab dort bis auf ein paar Oasen kaum Vegetation. In den Höhlen befanden sich jedoch zahllose Diamanten, die in den Wänden verwachsen waren. Die Menschen dort lebten in bescheidenen Dörfern, die miteinander zum Teil vernetzt waren. Der nördliche Kontinent war deutlich moderner aufgebaut und verfügte über eine tadellose Infrastruktur. Es gab lediglich nur eine imposante Metropole mit zahlreichen Wolkenkratzern und einem exquisiten Einkaufszentrum, das vor allem bei den hiesigen Kindern sehr beliebt war. Im Umkreis dieser modernen Welthauptstadt befanden sich mehrere angrenzende kleine Siedlungen, in denen die Bewohner überwiegend Landwirtschaft betrieben und somit als Farmer galten. Die meisten Bewohner dieses Planeten führten ein unbeschwertes Leben und lebten in Einklang mit ihrer Natur.
Ein Großteil der Bevölkerung war Vegetarier. Die Denkweise, dass es gesünder sei, auf Fleisch zu verzichten, war weit verbreitet.
Außerdem respektierten sie ihre Tierwelt und schützten diese.
Keine Überschwemmungen, keine Erdbeben, keine Vulkanausbrüche.
Nichts der Gleichen. Reines Trinkwasser, niemand musste verhungern oder verdursten. Weder durch Menschenhand geführte Kriege noch fatale Naturgewalten. Neid, Intrigen und Feindseligkeiten untereinander waren ihnen völlig fremd. Doch dieses Glück sollte nicht ewig bestehen. Ihr kleines Paradies lag auf dem Präsentierteller und sollte sich bald in eine lebende Hölle verwandeln.

Kapitel 1   *Der Himmel auf Erden*

Kanzuma bedeutete das „Himmelslicht".
Der Planet hatte eine Gesamtbevölkerung von etwa 50 Millionen
Menschen. In der Relation zur Oberfläche des Planeten war diese
Population eher gering, was wohl auch zu diesem enormen Wohlstand
führte. Niemand hatte Hunger oder andere Nöte zu beklagen. Es gab
jedoch keine Völlerei bei den Bewohnern, alles wurde gleichmäßig
verteilt. In den ländlichen Gebieten verzichtete man gänzlich auf
Luxus, was dies betraf, waren die Farmer eher enthaltsam. Die
Gesellschaft hatte einen starken Zusammenhalt. Niemand wurde
ausgegrenzt oder benachteiligt. Sie bildeten eine große Gemeinschaft
und huldigten einer Naturgöttin, wenn ihre Ernte im Hochsommer
florierend war und dankten ihr auf Knien, dass niemand jemals
Hunger erleiden musste. Sie verfügten jedoch über keine Raumfahrt.
Ihr Planet war rudimentärer strukturiert als die Erde im 21
Jahrhundert. Außerdem hatten sie kein richtiges Militär aufgebaut.
Sie investierten ihre Gelder anderweitig. Das Wohlergehen der
Bevölkerung hatte oberste Priorität. Deren Architektur war der
Baukunst der Erde im Sonnensystem teilweise verblüffend ähnlich.
Auch sie hatten innerhalb ihrer einzigen Metropole ein unterirdisches
System, in dem es einen regelmäßigen U-Bahn Verkehr gab.
Diese führten bis zu sieben Etagen in die Tiefe. Sie kannten nur sich
und ihre kleine Welt und hatten keine Kenntnis darüber, was sich

innerhalb und außerhalb ihrer Galaxis alles verbarg. Sie wollten, soweit es möglich war, unentdeckt – *oder* besser noch – unsichtbar bleiben. Doch sie konnten sich nicht ewig im endlosen Kosmos verstecken. In den tiefen Weiten des Alls lauerten unermessliche Gefahren. Manchen war es stets bewusst, dass sie nicht allein waren. Sie wussten nicht, wie lange sie noch unbemerkt bleiben konnten. Sie waren ein friedliches Volk und wünschten sich dies auch von anderen ihnen unbekannten Völkern. Doch es war naiv anzunehmen, dass andere Völker ebenso gutmütig und pazifistisch waren wie sie.

Tenko schlenderte mit fröhlicher Miene mit seiner Cousine namens Saba durch das Einkaufszentrum. Zwei kleine Mädchen hatten sich dort nagelneue Schuhe gekauft. Sie verglichen sie und diskutierten darüber, wer momentan die schöneren Schuhe hatte. Ihre Freundin erwähnte, dass sie für das Paar Schuhe drei Monate lang ihr Taschengeld sparen musste, worauf ihre Gefährtin erwiderte, dass ihr die dunkelblaue Farbe daran gar nicht gefiel. Ein kleiner Junge bekam von seiner Mutter ein knallbuntes Eis gekauft, der daran genüsslich und mit einem strahlenden Lächeln schleckte. Der unübertreffliche Wohlstand des Planeten war besonders in diesem Shoppingcenter unverkennbar. Die Bewohner führten ein gutes Leben. Inmitten des Erdgeschosses befand sich ein silberfarbenes Riesenrad, das ausschließlich für Kleinkinder konzipiert wurde.
Wer größer als 90cm war, durfte es aus Sicherheitsgründen nicht mehr betreten. Tenko offenbarte seiner Cousine, dass er bald eine

Ausbildung als Erzieher antreten wolle. An einer gekühlten Theke
wurden knallbunte Torten angeboten und kleine Backwaren, die
Krapfen ähnelten, die von frischen Obststückchen bedeckt waren.
Dazwischen reihten sich unzählige Pralinen in den unterschiedlichsten
Farben. Dieses Einkaufszentrum glich einem kleinen Schlaraffenland.
Im zweiten Stockwerk spielte eine kleine Gruppe von Musikern
angenehme Melodien, die für eine vergnügliche, heitere Stimmung bei
den Besuchern sorgen sollten. Saba blieb kurz vor der Theke stehen
und starrte die Torten nachdenklich an, die wie ein Regenbogen
schimmerten. Tenko griff nach ihrem Arm und zerrte sie mit sich.
„Die sind viel zu süß, glaub mir" sagte er dazu.
„Hast du es eilig?" fragte Saba.
„Ich wollte mir ein Halstuch kaufen, die sind heute im
Sonderangebot" erklärte Tenko. Es war einer dieser Tage, an dem
alles friedlich war und die Menschen völlig ahnungslos gegenüber
dem Grauen waren, das noch bevorstand – *dies ist ihre Geschichte.*

Kiron aß in aller Ruhe seine dampfende Gemüsesuppe und lauschte
der Musik, die im Radio lief. Plötzlich rauschte, zischte und knisterte
es. Die Musik wurde undeutlich. Zwischendrin hörte man ein leises
Nuscheln. Kiron schob seinen Suppenbecher beiseite und horchte auf.
Er war irritiert, als einen kurzen Moment später die aufgeregte
Stimme eines alten Mannes erklang. Kiron hörte aufmerksam zu.
Anscheinend hatte sich jemand illegal einen Zugang verschafft.
Ein besorgter Mensch, welcher den Zuhörern etwas mitteilen wollte.

Es war das erste Mal, dass Kiron ihn hörte. Kiron wischte den Mund ab und stand auf. Er stellte das Radio um zwei Stufen lauter und hockte sich wieder an den Esstisch.

„Bürger von Kanzuma, ich muss euch alle warnen! Das ist ein Weckruf an die gesamte Welt! Noch geht es euch allen gut und ihr führt ein sorgenfreies Leben! Aber wir sind leider nicht allein da draußen! In unmittelbarer Nachbarschaft befindet sich ein Fixsternsystem, dessen Bewohner uns gefährlich werden könnten! Bereitet euch vor und ergreift Präventivmaßnahmen! Es handelt sich um eine boshafte Spezies, die seit Jahrhunderten die Galaxis unsicher macht! Es ist nur noch eine Frage der Zeit, bis sie uns aufspüren! Es wird ein böses Erwachen geben, wenn ihr euch nicht vorbereitet!''.

Kiron schüttelte mit skeptischer Mimik den Kopf. Vielleicht hatte der alte Mann Langeweile und wollte die Leute mit seinen Schauermärchen erschrecken. Kiron hatte gerade Mittagspause. Ihm gehörte das örtliche Einkaufszentrum. Jeden zweiten Tag hielt er sich dort auf, er hatte die Tätigkeiten eines Administrators. Fünf Minuten nach der seltsamen Botschaft im Radio betrat ein Kollege sein Büro.

„Das ist jetzt schon das fünfte Mal, dass ich diesen Verrückten im Radio gehört habe! Ich weiß nicht genau, was er damit bezwecken möchte'' schilderte sein Kollege.

„Außerdem macht er sich strafbar, wenn er die Leitung manipuliert und die Sender stört'' fügte er mürrisch hinzu.

Kiron nickte stumm und warf den leeren Becher in den Mülleimer.

„Es ist das erste Mal, dass ich so was gehört habe, der hält sich wohl für einen Wahrsager“ meinte Kiron.

„Momentan kommt das zweimal wöchentlich vor, Kiron. Es geht mir langsam auf die Nerven“ sagte ihm sein Kollege.

„woher hat er nur diese Informationen, woher soll er all das wissen?“ fragte sich Kiron. Er konnte es keineswegs nachvollziehen.

„Das ist bloß ein alter seniler Mann, der zu viel Phantasie hat“ meinte sein Kollege. Sein beruflicher Partner bekam nun eine grimmige Mimik, als er zur Tür zurücklief. „Und offenbar zu viel Freizeit!“ fügte er hinzu und knallte die Tür so laut zu, dass Kiron kurz zusammenzuckte. „Ein alter Mann, der sich offenbar große Sorgen macht…“ flüsterte Kiron zu sich selbst. Er zog eine nachdenkliche Miene. Doch was ist, wenn der sonderbare Greis doch Recht hatte und etwas wusste? Nein, Kiron wollte nicht weiter darüber nachdenken. Die Aufmerksamkeit und Beachtung, die er erregen wollte, hatte er schließlich bekommen. Die Sache war für Kiron erledigt. Er hatte jedoch eine Nacht zuvor einen beklemmenden Albtraum. Der finstere Nachthimmel färbte sich blutrot und zwischen den dunklen Wolken erschien eine grässliche Fratze, die einer riesigen Schlange ähnelte. Sie hatte furchtbare Reißzähne und öffnete zischend ihr Maul. Kurz darauf brannte die Metropole, worauf nur noch Ruinen und verschmorte Gebeine der Bewohner übrigblieben. Er maß diesem schweren Albtraum jedoch keine hohe Bedeutung bei und wollte ihn so schnell wie möglich vergessen. Er ignorierte diese Warnung.

Kapitel 2 *Der Schatten der Giganten*

Langsam öffnete Tenko seine schläfrigen Augen und gähnte kräftig.
Er warf einen Blick auf seine digitale Uhr, die lautlos neben seinem
gemütlichen Bett auf einem hölzernen Nachttisch stand. In wenigen
Wochen sollte seine Ausbildung als Erzieher beginnen, bis dahin
wollte er sich noch etwas ausruhen und seine Freizeit genießen.
Er richtete sich vom Kopfkissen auf und warf die Bettdecke beiseite.
Irritiert blickte er zu dem gegenüberliegenden Regal, in dem die
Gegenstände allesamt wackelten. Er hörte ein enormes Grollen in der
Ferne und dröhnendes Brummen, das von einem pulsierenden
Rauschen begleitet wurde. Er rieb an seinem Hinterkopf und kniff die
Augen zusammen. Anfangs ahnte er noch nichts Böses.
„Ein Erdbeben?" fragte er sich arglos und verließ rasch sein Bett.
„So was hatten wir noch nie, das kann nicht sein" sprach er zu sich
selbst. Einen kurzen Moment später hörte er mehrere Schreie, die
Leute auf den Straßen waren in Aufruhr. Er öffnete die gläserne
Schiebetür, die zum Balkon führte. Als er den Balkon betrat, traf ihn
ein schwerer Schock. Für einen Augenblick blieb er wie angewurzelt
stehen und starrte sprachlos gen Himmel. Der gesamte Bezirk wurde
überschattet und verschwand im unheilvollen Schatten eines
gigantisches Raumschiffes, das bedrohlich oberhalb der Stadt
schwebte. Er riss seine Augen erschrocken auf und lief rückwärts in

sein Schlafzimmer zurück. Er schnappte sich sein Fernglas, das
inzwischen aus dem Regal fiel und auf dem Fußboden landete.
Nun wackelte auch das Regal. Er hob es auf und betrat wieder
geschwind seinen Balkon. Anfangs wusste er nicht, ob dieser
schaurige Anblick mehr Faszination oder Entsetzen bei ihm auslöste.
Vermutlich beides. Mit zitternden Händen blickte er langsam durch
sein Fernglas. Ein kalter Schauder lief ihm den Rücken herab.
Unterhalb des riesigen Raumschiffes wurden zahlreiche Kapseln
abgesondert, die kreuz und quer verstreut in verschiedene Richtungen
zischend sausten. Ein eisiger Wind wehte durch die belebten Straßen.
Was für ein unschöner Herbstanfang, dachte er mit mürrischem Blick.
Er fühlte sich sofort bedroht. Dieser Anblick konnte nichts Gutes
verheißen. Die mysteriösen Besucher kamen sicher nicht zum
Kaffeekränzchen mit dem Präsidenten von Kanzuma vorbei.
Er rechnete mit einem Überfall aus der Fremde. Ihre Kultur existierte
schon seit unzähligen Jahrhunderten. Bislang blieben sie im Kosmos
unbemerkt und konnten unbehelligt ihr Leben führen. Doch nun war
der Tag gekommen, an dem sie erstmals entdeckt wurden. Ohne
Vorwarnung erschien eine fremde Armada und startete offenbar eine
Invasion. Es dauerte eine halbe Stunde, bis das gigantische Schiff den
Bezirk hinter sich ließ und der bewölkte Himmel endlich wieder
sichtbar wurde. Doch das war lediglich der Anfang. Tenko zitterte am
ganzen Körper und blickte erneut durch sein Fernglas. Erstaunt
öffnete er seinen Mund. Dem kolossalen Raumschiff folgten nun
unzählige Flugzeuge, die wie ein „V" geformt waren und an denen

grüne wie auch rote Leuchten rhythmisch blinkten. Auch sie hatten eine enorme Größe und behielten exakt ihre Formation. Ihm gefiel nicht, was er da sah. Er hatte ein mulmiges Gefühl. Schnell begriff er, was sie vorhatten. Er hatte den Verdacht, dass diese riesigen Flieger die Stadt bombardieren sollten. Nun wurden auch die Sirenen aktiviert, die überall zu hören waren, nachdem er aus der Ferne ein tiefes Scheppern wahrnehmen konnte. Also hatte die erste Bombe bereits irgendwo eingeschlagen. Tenko rannte die Treppenstufen herab, die zum Wohnzimmer führten.
Er wohnte momentan noch bei seiner Mutter, seine Eltern waren seit seinem achten Lebensjahr geschieden.
Langsam öffnete sich die Tür, die zum Schlafzimmer seiner Mutter führte. Mit verschlafenem Blick betrat sie das Wohnzimmer und rieb sich die Augen. Der Lärm und der Tumult draußen hatten nun auch sie aufgeweckt. Tenko spürte für einen Augenblick einen Kloß im Hals. „Tenko, was ist hier los, warum sind die Sirenen in der Stadt aktiviert?" fragte sie ihn ahnungslos. Tenko schluckte tief und schwieg für eine Weile. Wie sollte er ihr nur diese prekäre Situation beibringen? Eine grauenvolle Epoche hatte begonnen. Sie befanden sich in größter Gefahr. Die friedlichen Zeiten waren nun schlagartig vorbei. Dies wurde ihm bewusst. Er versuchte seine Angst zu verbergen. Er kam sich wie in einem unrealen Albtraum vor.
„Was für ein beschissener Tag" dachte er sich mit mürrischer Miene, dabei stand das Schlimmste noch bevor.

12

Kapitel 3 *Der Widerstand beginnt*

Tenko schnappte sich hastig die Fernbedienung und schaltete den kleinen Fernseher an, der sich im Erdgeschoss im Wohnzimmer befand. Seine Mutter zitterte vor Angst – doch die Angst konnte er ihr nicht nehmen. Er konnte die Situation keineswegs beschwichtigen. Es wurde dramatisch und er ahnte, dass sich dies nun stündlich steigern sollte. Im Fernsehen sah man einen Reporter, der einen silbernen Overall und schwarze Stiefel trug. Nun erfuhren sie, wem der erste Bombeneinschlag galt, den Tenko zuvor vernahm. Diese verrohten Ungeheuer hatten ein örtliches Behindertenheim dem Erdboden gleichgemacht. Gezielt und mit voller Absicht. Mit einer tonnenschweren Fliegerbombe. Sehr perfide. Tenko war fassungslos. Man wollte die Bevölkerung gezielt einschüchtern und somit demonstrierten sie eiskalt ihre Überlegenheit, dachte sich Tenko. Man hörte die schrillen Sirenen der lokalen Feuerwehr. Kurz danach konnte man sehen, wie man versuchte den leblosen Körper eines jugendlichen Bewohners aus den Trümmern zu ziehen. Tenko griff wieder nach der Fernbedienung und schaltete den Fernseher aus. Am liebsten hätte er vor Wut und Empörung den Fernseher aus dem Fenster geworfen.

„Ich habe genug gesehen" sagte er seiner Mutter mit wütendem Blick. Er packte seine Mutter kurz an den Schultern und forderte sie

eindringlich auf, das unterirdische Schutzbunkersystem aufzusuchen. Er jedoch wählte den Kampf. Seine Mutter wünschte sich anfangs, ihn zu begleiten. Tenko schüttelte energisch den Kopf.
„Ich werde nicht tatenlos zusehen und es hinnehmen, wie diese Penner meine Stadt verwüsten" beteuerte Tenko.
„Ich werde mich ihnen stellen, egal wie, hauptsache ich verstecke mich nicht wie ein Feigling" fügte er betont hinzu.
Er öffnete eine Vitrine und griff nach einem besonderen Gegenstand. Es war ein Jagdmesser, das einst seinem Vater gehörte.
Er zog sich seine Lederjacke über und verschleierte sein Gesicht mit einem Halstuch, das er zuvor im örtlichen Einkaufszentrum günstig erworben hatte. Seine Mutter hatte für diese Vorgehensweise kein Verständnis.
„Die haben ein riesiges Raumschiff, wahrscheinlich hunderte Flieger im Anhang und Bodentruppen, die bis an die Zähne bewaffnet sind und du willst dich ihnen mit einem Messer entgegenstellen?" fragte sie perplex. Tenko nickte langsam.
„Wenn es sein muss" murmelte er.
Er öffnete die Haustür und ließ die Lederscheide des Messers achtlos auf die Straße fallen, nachdem er es herausgezogen hatte. Er lief los. Tenko bangte um seine Mutter. Er selbst zeigte bisher keine Furcht. Draußen stand sein Nachbar und starrte entsetzt gen Himmel. Tenko streckte dem riesigen Raumschiff den Mittelfinger entgegen.

Die erste Nacht in Neo City nach dem Überfall…

Sie alle hatten den gleichen Gedanken, der sie mental vereinte. Egal wie fassungslos oder irritiert sie auf diese heiklen Zustände reagierten, mit denen sie nicht rechnen konnten. Sie mussten sich unverzüglich mobilisieren und dies in sämtlichen Bereichen. Ein unvorstellbarer Konflikt hatte begonnen. Eine Bedrohung, die sich anfangs kaum einschätzen ließ; denn niemand unter ihnen konnte wissen, was diese mysteriösen Angreifer noch alles parat hatten, die ihren Frieden störten und damit Panik auslösen wollten, was sie jedoch nicht bei Allen erreichten. Sie versuchten kühlen Kopf zu bewahren.
Es war keine blinde Zerstörungswut, sondern eher strategisches Kalkül. Das, was sich gerade abspielte, war nicht spontan, sondern schon von langer Hand geplant. Nicht irgendwo in der Ferne, nicht innerhalb einer mythischen Fabel, die man zur Unterhaltung den Menschen erzählte, sondern auf ihrem Heimatboden, der dadurch wie bei einem heftigen Erdbeben erzitterte. Ein unrechtmäßiges Eindringen in ihre unbewachte Sphäre, was ihre unbehelligte Idylle beendete und ihr falsches Weltbild auf den Kopf stellte. Nämlich den naiven Glauben an ein begrenztes Universum ohne irgendwelche Risiken oder anderen unbekannten Zivilisationen, die eventuell böse Absichten hegten.

15

Wenn eine Sintflut oder ein vulkanischer Feuerregen ein bewohntes Gebiet heimsuchten, war dies wohl eher der Laune der Natur kausal zuzuschreiben und ein fatales Unglück, das sich nicht vermeiden oder beeinflussen ließ. Etwas, was nicht von intelligenten Individuen vorsätzlich verursacht wurde. Demnach steckte keine böswillige Absicht dahinter, die kalkuliert oder geplant wurde. Bei diesem Überfall jedoch steckten finstere Machenschaften dahinter, die jeden verheerenden Wirbelsturm oder Erdrutsch wie eine banale Lappalie dagegen erscheinen ließ. Diese gezielte Abschreckung, auch wenn wirksam, durfte sie dennoch nicht davon abhalten, aktiv zu handeln und sich dieser ungewissen Bedrohung wie eine Bastion inmitten eines Sturmes entgegenzustellen. Die Alten und Schwachen, insbesondere Kleinkinder zu schützen, war anfangs wichtiger als in aller Hektik und Eile zu den Waffen zu greifen, die ohnehin teilweise veraltet und rudimentär waren.

Kaum einer glaubte, dass die geheimnisvollen Invasoren an ihrem Equipment sparten, bevor sie diese Reise antraten. Den bevorstehenden Abwehrkampf überließ man dem Willen der Mutigen, welche die Lebensgefahr dabei akzeptierten. Sie hatten nicht Angst um ihren ergiebigen Wohlstand, der für ein unbekümmertes Leben bis ins hohe Alter sorgte, sondern um ihre Familien, deren ständigen Schutz niemand gewährleisten konnte. Ihre wirtschaftlichen Errungenschaften waren von nun an bedeutungslos. Alles, was jetzt noch zählte, war die Aufstellung einer glaubwürdigen Widerstandsbewegung, sofern dies überhaupt noch möglich war.

Sie mussten sich allesamt erheben, wenn sie diesem beispiellosen Schrecken trotzen wollten. Dazu genügte gewiss keine athletische Statur. Dies war zwar vorteilhaft, insbesondere für den Nahkampf, aber das allein war kaum ausreichend, um dieses unfassbare Dilemma zu überleben. Maßgebend waren das Denkvermögen und der Mut zum Tatendrang, darauf kam es an. Sie konnten sich, was die erste Nacht betraf, auf einen Häuserkampf einstellen. Ein Komplex aus Beton, der anfangs noch von unzähligen Laternen halbwegs beleuchtet wurde, um sich in der Nacht orientieren zu können. Sie hatten genügend Leuchtfackeln, Nachtsichtgeräte und Taschenlampen bei sich. Ebenso Proviant. Doch das Entzünden der Leuchtfackeln in der Dunkelheit der Nacht war in gewisser Hinsicht fragwürdig und sorgte anfangs für eine umstrittene Diskussion untereinander. Irgendwelche Flugstaffeln, die für die nächtlichen Einsätze prädestiniert wurden, waren mit hoher Wahrscheinlichkeit unterwegs, hielten wie bedrohliche Greifvögel gegenüber ihrer frischen Beute Ausschau und hatten überdies noch wahrscheinlich irgendwelche unbemannten Drohnen im Anhang, die ebenfalls die Bezirke mit eiskalter Akribie absuchten.
Sie kamen sich vor wie geduckte Mäuse, die sich vor nachtaktiven Eulen verstecken mussten. Versprengte Mäuse, die Schutz und Deckung in irgendwelchen Löchern suchten, sobald ein unberechenbarer Luftangriff drohte, der womöglich innerhalb weniger Minuten einen ganzen Bezirk dem Erdboden gleichmachen konnte.
In dieser Nacht hatten sie ihre harmonische Idylle unwiderruflich verloren, doch eine neue dynamische Bewegung wurde dadurch

geboren – eine verwegene Befreiungsarmee, die diesen unsagbaren Terror nicht hinnehmen konnte. Der Widerstand wurde zur Pflicht jener Männer, die sich weigerten als Zielscheibe für eine kriegerische Armada herzuhalten, die anscheinend keinen Respekt vor ihren Leben hatte. Schnell wurde deutlich, dass sie es mit einer Spezies zu tun hatten, die auf friedliche Verhandlungen offenbar keinen großen Wert legte. Eine furchterregende Truppenmacht, die keinerlei Rücksicht darauf nahm, dass es sich bei den Bewohnern dieser Metropole ausschließlich um Zivilisten handelte. Diese abgebrühte Rücksichtslosigkeit war der bewegende Anlass, weshalb nur wenige dem anstehenden Abwehrkampf entsagten. Sie hatten auch keine andere Wahl, denn sie konnten sich nicht ewig verstecken oder ständig die Flucht ergreifen, sobald es gefährlich wurde.

Sie mussten all die Risiken und Nachteile akzeptieren wie auch abwägen. Sie waren einst harmlose Schafe, die sich nun aber rapide in wehrhafte Wölfe verwandelten; sie waren das Produkt dieser Willkür. Wölfe, die um ihr Dasein bangten und sich deshalb im verborgenen Untergrund ihrer Großstadt zentral bündelten. Die beiden Monde, die ihre Welt umkreisten, glänzten in voller Pracht und waren während dieser Nacht der einzige, kleine Trost, den sie noch hatten. Trotz der schweren Notlage schenkten die beiden Monde ihnen weiterhin ihr entzückendes Lächeln, das jedoch keiner unter ihnen erwidern konnte. Die Motivation gab ihnen nicht der nächtliche Mondschein, sondern es war der Mut zur Kampfbereitschaft, da man das bedrohte, was ihnen am wertvollsten war; ihre Freiheit.

Dafür waren sie bereit zu sterben. Denn die Freiheit war das höchste
Gut, das nicht jeder kannte. Gejagt von intergalaktischen Schlächtern,
die Kanzuma bedrohten. Erschaffen aus dem Inferno der Hölle. Den
Teufel zum Vater und die Schlange zur Mutter, griffen sie mit ihren
Klauen nach der Flora und Fauna friedlicher Welten, um sich diese
einzuverleiben oder zu zerstören.

Kurz nach Mitternacht…

An einem Trümmerhaufen lockerten sich etliche Steine. Kurz darauf
ragte eine eingestaubte Hand heraus, die Finger bewegten sich
schwach. Eine Person, die komplett eingestaubt war, kletterte heraus
und rollte sich ächzend abwärts. Der Mann hustete und stöhnte leise.
Er erkannte seine Stadt kaum wieder. Zahlreiche Gebäude standen in
Flammen, welche die Nacht wie riesige Fackeln halbwegs erhellten.
Man hörte immer noch Sirenen, die schrill dröhnten und vor weiteren
Luftangriffen warnten. Kiron hatte Glück, dass er noch am Leben war.
Andere hatten weniger Glück als er. Die musste er feststellen, als er
sich achtsam umsah. Er stand inmitten seines Einkaufszentrums.
Zumindest in dem, was noch davon übrig war. Um ihn herum lagen
vereinzelt Leichen in den verstaubten Trümmern.
Als die Stadt bombardiert wurde, hielt er sich in seinem
Shoppingcenter auf, da er dort arbeiten musste.

Er wurde völlig überrascht und vom Angriff überwältigt. Fassungslos und bestürzt erkundete er die Umgebung. Er erinnerte sich nur noch daran, dass die Decke über ihn einstürzte und ihn mit Schutt und Asche begrub. Er hielt sich noch zuvor die Arme schützend vor das Gesicht, kurz bevor er das Bewusstsein verlor. Er hatte fürchterliche Kopfschmerzen. Er spuckte aus und lief umgehend weiter.

Tenko versteckte sich innerhalb einer Ruine und umklammerte zitternd sein Jagdmesser, das eigentlich ein Andenken seines Vaters war. Es war töricht und lächerlich, mit dieser kleinen Waffen in Kampf zu ziehen. Das hatte ihm bereits seine Mutter suggeriert. Doch er konnte seine Wut nicht unterdrücken, als er im Fernsehen sah, was mit dem örtlichen Behindertenheim geschah. Es war das erste Angriffsziel dieser unbarmherzigen Barbaren. Es war ein Massaker! Sie kamen irgendwo aus den Tiefen des Alls daher und drangsalierten seine Heimat, indem sie einen Überraschungsangriff starteten und damit für Angst und Schrecken sorgten. Er wusste, er musste zum Mörder werden, wenn er weiterhin überleben wollte.
Vorsichtig blickte er aus dem demolierten Fenster, als er Schreie einer unbekannten Sprache hörte. Er sichtete einen jugendlichen Bewohner, der panisch flüchtete und die Straße schnaufend entlang rannte. Feuerrote Laserstrahlen wurden ihm hinterher geschossen, die wie blitzschnelle Pfeile durch die Luft sausten und ihn gnadenlos verfolgten. Tenko bemerkte ein Stirnband an dessen Kopf, das durch den Wind flatterte. Also hatte der Widerstand bereits begonnen.

Sein Volk glaubte daran, dass man sämtliche Ängste verlor, sobald
man eines dieser Stirnbänder am Kopf trug. Es war Tradition, sie bei
besonderen Wettkämpfen zu tragen. Riskante Wettkämpfe, bei denen
man sich verletzen konnte. Von nun an sollte dies ihr Markenzeichen
werden. Ihr tadelloses Paradies war nicht wieder zu erkennen.
Schlagartig versank es in einem Strudel der Gewalt und des
unberechenbaren Chaos, das jeden von ihnen irgendwann einholte.
Er wusste nicht, ob der gejagte Bursche entkommen konnte.
Er sichtete nur noch vier Panzer, die grollend den Weg entlang rollten
und von einem finsteren Schrei bzw. Befehl eines Kommandanten
begleitet wurden, der dabei starr durch sein Fernglas blickte.
Zwischen den Panzerkampfwagen trabten dutzende Soldaten, eine
Armee der Finsternis, die gehorsam im Gleichschritt marschierten und
offenbar alles erbarmungslos niedermähten, was sich ihnen in den
Weg stellte. Wo war da nur hineingeraten? Er wählte jedoch seines
Erachtens nach die richtige Option. Zumindest für den Anfang.
Wäre er einfach daheim geblieben, wäre er früher oder später unter
dem Schutt seines Anwesens begraben worden, da mittlerweile die
gesamte Stadt bombardiert wurde. Er hoffte, dass wenigstens seine
Mutter unbeschadet ankam. Die unterirdischen Schutzbunker sollten
schließlich genug Platz für die Bewohner bieten, die sich für eine
Flucht entschieden. Er hatte noch sein Fernglas bei sich.
Er hatte momentan nur ein Ziel; überleben!

Plötzlich sichtete Tenko einen feindlichen Soldaten, der sich von seiner Truppe mutwillig entfernt hatte und mitten auf der Straße urinieren wollte. Er erkannte seine Gelegenheit. Er wollte sich für das rächen, was seiner geliebten Heimatstadt angetan wurde.
Er sprang aus dem Fenster und schlich sich hinterrücks lautlos an. Tenko rammte ihm sein Jagdmesser seitlich in den Hals. Der Soldat gurgelte sein Blut und griff Tenko grob ins Gesicht. Doch seine Arme erschlafften nach einer halben Minute. Tenko zog die Klinge aus ihm heraus und betrachtete das rote Blut daran. Warmes Blut spritzte aus der tiefen Schnittwunde auf den Asphalt.
„Also seid ihr genauso sterblich wie wir, Mistkerle‟ flüsterte er. Tenko horchte auf, als sich fünf Invasoren bedrohlich näherten. Einer von ihnen schrie eine Bemerkung, kurz darauf nahmen sie ihn ins Visier. Er rannte um sein Leben, zahlreiche zischende Laserblitze sausten knapp an ihm vorbei. Einer streifte dabei sein linkes Ohr. Er ächzte und hielt sich die Hand an sein Ohr, das zur Hälfte verbrannt war. Kurz darauf stolperte er und rollte in einen Bombenkrater. Tenko erschrak sich, als er inmitten des Kraters eine Leiche erblickte, deren leblose Augen mit entsetzter Mimik gen Nachthimmel starrten. Er richtete sich umgehend auf, klopfte sich den Staub von der Kleidung und rannte weiter. Einer der Infanteristen näherte sich der Leiche des Soldaten, den Tenko erstochen hatte. „Trottel‟ murmelte er dabei, als er dessen offene Hose bemerkte. Diese leichtsinnige Unachtsamkeit endete für ihn tödlich. Selber schuld, dachte sich der Infanterist. Er schien kaum verärgert gewesen zu sein.

Kiron machte mittlerweile eine schreckliche Entdeckung.
Ein schmerzlicher Treffer, den er dennoch irgendwie einstecken
musste. Auch wenn es ihm das Herz brach, es musste irgendwie
weiter gehen. Er erkannte unter all den Leichen seine Ehefrau.
„Lara!" schrie er aus voller Kehle. Sein Echo schallte wie ein
gequälter Geist durch die trostlose Ruinenlandschaft.
„Oh nein" murmelte er wimmernd. Er kniete sich nieder und
umarmte sie weinend. Sie war blutüberströmt und hatte ihre Augen
verschlossen. Er hoffte nur, dass sie wenigstens einen schnellen,
schmerzfreien Tod hatte. Er wog sie in den Armen und weinte wie ein
kleiner Junge. „Das werden diese Schweine noch bitter bereuen…"
wisperte er. „Ich werde dich rächen, mein Schatz" fügte er wimmernd
hinzu.„Die sind eindeutig zu weit gegangen, das werde ich ihnen
heimzahlen" wiederholte er wispernd.
Langsam richtete er sich auf. Er wischte sich die letzten Tränen aus
dem Gesicht. Er näherte sich einer anderen Leiche. Ein junger Mann,
der ein blaues Stirnband am Kopf trug. Er entfernte das Stirnband und
band es sich selbst um den Kopf. Seine Mimik war hart und verbittert.
„möge der Widerstand beginnen, ihr verdammten Bastarde" wisperte
er. Er konnte seine Lebensgefährtin nicht mehr retten. Für sie kam
jede Hilfe zu spät. Aber den Willen, sein Volk zu retten, den hatte er
noch nicht verloren. Er wusste, diese unbarmherzige Schlacht würde
viele Opfer fordern. Er wollte sich so schnell wie möglich der hiesigen
Untergrundbewegung anschließen. Er rannte los.

Kapitel 4 Kimbo und Lanzo, die Kämpfer der Wüste

Sie beide waren unzertrennlich wie Pech und Schwefel. Ein Duo, das sich alles brüderlich teilte und gemeinsam die Zeit verbrachte. Sie waren Cousins, die oft für Brüder gehalten wurden. Doch keiner der beiden hatte Geschwister. Lanzo war wenige Jahre älter als Kimbo, er war Anfang 20 und einen Kopf größer als er. Kimbo fiel durch seine buschige Frisur und seinen langen Koteletten auf. Er hatte eine dunkle Hautfarbe, wulstige Lippen und leuchtende, himmelblaue Augen, die ein völliger Kontrast zur dunkelbraunen Haut waren. Lanzo hingegen hatte smaragdgrüne Augen und ähnlich wie ein altertümlicher Samurai seine Kopfhaare zu einem Zopf gebunden, der spitz nach oben ragte; wobei die Haarseiten komplett abgeschoren waren. Er hatte einen dichten Vollbart und trug am linken Ohr drei silberne Ringe im Knorpel, die im Sonnenlicht elegant funkelten. Kimbo trug meist ein hellgraues, ärmelloses Shirt, auf dessen Brustmitte eine farbenfrohe Palme abgebildet war, von denen sich hunderte in der Umgebung seines Dorfes befanden. Sie bewohnten den Südkontinent, der für seine Bescheidenheit und Gastfreundschaft bekannt war.
Lanzo hockte in seiner Lehmhütte und lauschte dem Radio.
„Mein Gott, was ist denn bei denen los?" murmelte er völlig arglos.

Kimbo betrat die bescheidene Hütte und brachte einen silbernen Teller mit, auf dem sich frisches Obst und zwei Tassen Kräutertee befanden. „Was ist passiert?" fragte Kimbo ebenso arglos und deutete mit einem Kopfschwung zum Radio. Er hockte sich neben seinen Cousin und drückte ihm eine Birne in die Hand. Lanzo bedankte sich mit einem stummen Kopfnicken. „in Neo City auf dem Nordkontinent ist das Chaos ausgebrochen" murmelte Lanzo und biss in seine saftige Birne. „Was soll das heißen?" fragte Kimbo perplex. „Offenbar ist die Stadt überfallen worden'" erwähnte Lanzo. Sie wechselten nun schockierte Blicke und waren für eine Weile sprachlos. „Überfallen, von wem?" fragte Kimbo schließlich, immer noch sichtlich irritiert. „Keine Ahnung" antwortete sein älterer Cousin. „Dann lass es uns doch herausfinden" schlug Kimbo vor. Lanzo nickte einverstanden. Beide waren ziemlich neugierig. Sie wussten noch nicht, dass eine außerirdische Streitmacht dafür verantwortlich war und die Metropole zur Zielscheibe machte. Sie packten ihre Sachen und schnappten sich ihre Gewehre, die sie normalerweise gelegentlich für die Jagd verwendeten. Sie liefen eine Stunde lang durch die Wüste, bis sie schließlich die Küste erreichten. Lanzo besaß ein Motorboot. „Also dann lass uns mal Neo City besichtigen" sprach Kimbo, seine Stimme wirkte fast schon heiter. Er liebte Abenteuer jeglicher Art. Völlig ahnungslos über das Grauen, das sich dort abspielte, stiegen sie ins Motorboot und fuhren los. Falls tatsächlich ein Krieg ausbrach, wollten sie ihre Brüder auf dem Nordkontinent unterstützen und sich der hiesigen Widerstandsbewegung anschließen, falls es eine gab.

Kapitel 5: Black Viper, der mysteriöse Feind

Die Black Viper waren ein elitärer Teil der Eroberungsflotte, die
einem galaktischen Imperium angehörten.
Ihre Aufgabe bestand darin, andere Planeten auszuspionieren und
diese bei Gelegenheit zu attackieren. Sie unterstanden dem direkten
Befehl eines Imperators. Zu ihren Bodentruppen gehörten auch die
gefürchteten Schwarzen Ritter, ein elitärer Stoßtrupp, die speziell für
den Nahkampf ausgebildet wurden. Die Blood Falcon waren ihre
galaktischen Nachbarn, welche nun die Bomberverbände anführten.

Sie überschatteten die Galaxis wie eine

riesige, schleichende Natter; auf der Suche

nach neuen Opfern bzw. Gegnern.

Nun wurden sie fündig.

Kiron im Alleingang

Kiron betrat den Unterschlupf, der auch als Luftschutzbunker diente, denn seit fast einer Woche flogen nachts Bomberverbände der Blood Falcon über die bewohnten Gebiete, die mit der Armada der Black Viper verbündet waren. Sie sollten damit ihren stählernen Willen brechen und auch die Zivilbevölkerung einschüchtern. Doch viele Zivilisten wurden zu standhaften Partisanen. Sie wollten nicht länger als wehrlos oder schwach gelten. Witwer und Waisen wurden zu unerbittlichen Freiheitskämpfern. An einer Wand standen elf abgezehrte Männer, die mit ihren Schusswaffen hantierten oder sie gründlich reinigten. Manche aßen ein paar Kleinigkeiten, um sich zu stärken. Als sie Kiron erblickten, nickten ihm viele zu. Manche salutierten. An einem Tisch hockten fünf Personen und tauschten Informationen aus bzw. unterhielten sich über die jetzige Situation. Auch in der Krankenstation war Hochbetrieb. Unzählige Menschen, vor allem Widerstandskämpfer, wurden notoperiert. Es wurden auch Amputationen an manchen Patienten vorgenommen. Kiron biss die Zähne zusammen und ließ sich nicht unterkriegen. Schließlich war er ein Rebellenführer, einer von vielen, die es gelernt hatten zu kämpfen. Zumindest trug er das auffällige Stirnband eines Rebellenführers.

Kiron hatte viele Befürchtungen, doch seine Ängste und Zweifel ließ
er sich nicht anmerken. Ihr kleines Paradies war dem Untergang
geweiht. Manche Partisanen trugen hellgraue Stoffhosen, einige unter
ihnen hatten den Hosen mit Sprühdosen ein geflecktes
Tarnfarbenmuster verpasst. Die Stirnbänder, die sie fast alle trugen,
waren von nun an ein Symbol der Freiheit und der Kampfbereitschaft.
Die hiesige Untergrundarmee war inzwischen ein hart geformter Kern,
an dem sich die Invasoren aus der Fremde die Zähne ausbeißen
sollten. Ein tyrannisches Imperium, dessen Schreckensherrschaft
weder Mitgefühl noch Gnade kannte. Über der Galaxis lag ein
bedrohlicher Schatten, dessen Expansion bislang niemand aufhalten
konnte. Angeführt von einem finsteren Imperator, der Schach mit der
Galaxis spielte und teuflische Pläne schmiedete.

Vier Stunden später..

Leuchtende Bomben schlugen in den staubigen Straßen ein.
Der Boden bebte. Fensterscheiben zerbarsten. Kiron bemerkte ein
Pfeifen im linken Ohr und trug einen verwundeten Partisan auf den
Schultern, der sein Bewusstsein verloren hatte. Am Boden öffnete sich
ein Zugang in die unterirdischen Bunkeranlagen. Kiron kletterte herab
und nach wenigen Sekunden kamen ihnen zwei Sanitäter entgegen,
die ihm den verletzten Mann abnahmen und ihn schleunigst in die

Krankenstation brachten. Kiron griff nach seiner silbernen Flasche,
die sich an seinem Gurt befand und trank erfrischendes Wasser.
Die Zustände im unterirdischen Krankensaal waren teilweise
katastrophal.
„Ich kann nicht mehr, ich kann nicht mehr!" hörte er
Jemanden rufen, als die Tür für einen Moment offen stand.
An einer Wand hockte ein junger Partisan, der dichtes strohblondes
Haar und Kratzer im Gesicht hatte. Er schüttelte den Kopf und blickte
mit halboffenen Augen zu Kiron „Warum tun die uns das nur an?"
fragte er fassungslos. Kiron lief an ihm vorbei.
„Ich denke, wir sind nicht die ersten Opfer dieser barbarischen Teufel.
Ich möchte mir jetzt auch darüber nicht den Kopf zerbrechen"
sagte Kiron dazu. Plötzlich hörte Kiron einen weiblichen Schrei.
Dieser stammte von einer jungen Krankenschwester, die sich
unterhalb des Zugangs befand, durch den Kiron zuvor mit dem
bewusstlosen Partisan herabstieg. Kiron zückte prompt seine
Handfeuerwaffe und rannte umgehend los. Ein Infanterist der Black
Viper öffnete die Falltür und blickte mit teuflischem Grinsen nach
unten. Kiron ließ sich seine Furcht nicht anmerken.
„Ah, da seid ihr ja, meine Schäfchen" sprach er mit tiefer Stimme.
Kiron streckte seinen Arm in die Höhe und gab mit zugekniffenem
Auge einen gezielten Schuss ab, der wie ein grüner Lichtstrahl aussah.
Grelle Funken prasselten in die Tiefe und trafen seine Schultern.
Der unheimliche Soldat kippte röchelnd auf den Rücken und ließ die
Falltür los, die sich wieder mit einem dumpfen Schlag schloss.

Er traf seinen Kehlkopf. Kiron stieg die metallische Leiter rasch nach
oben und verriegelte die Falltür, was er zuvor vergaß; ein fahrlässiger
Fehler. Die Krankenschwester zitterte vor Angst und sammelte wieder
ihre Instrumente auf, die sie zuvor vor Schreck zu Boden fallen ließ.
Kiron half ihr dabei. Der Widerstandskämpfer, der an der Wand
hockte, blickte wieder zu Kiron. „Ich hörte sie waren der Besitzer des
örtlichen Einkaufszentrums'' sprach er an. Kiron nickte.
„Mein tiefstes Beileid, Sir'' fügte der erschöpfte Partisan hinzu.
Kiron lehnte sich ebenfalls an die Wand und verschränkte seine Arme.
„Der Verlust meiner Frau ist für mich weitaus schlimmer und ich
muss mit der Ungewissheit klarkommen, ob meinem Sohn und meiner
Tochter eventuell etwas zugestoßen ist. Ich weiß nicht, ob sie noch am
Leben sind'' antwortete er ihm. Der Partisan nickte mehrfach.
„Ich bin auch Witwer und meine kleine Tochter ist spurlos
verschwunden. Mir ergeht es genauso wie ihnen'' schilderte der
Partisan. Kiron schloss für einen Moment seine Augen und hielt inne.
„Mein älterer Bruder war der Lage nicht gewachsen. Er bekam Panik
und war so verzweifelt, dass er sich aus dem Fenster stürzte''
schilderte der blonde Partisan.
„Suizid ist keine Lösung! Damit tun wir den Invasoren nur einen
Gefallen!'' rief ein bärtiger Partisan, der ihr Gespräch verfolgte und
an einem Tisch hockte. Er nippte mit grimmiger Mimik an einer Dose,
offenbar ein alkoholisches Getränk.
In einer Ecke hockte ein kleiner Greis, dessen rechter Unterarm stark
zitterte. Wer weiß, was er zuvor Schlimmes mit ansehen musste,

dachte sich Kiron. Womöglich flüchtete er vor dem Feind, denn er war nicht so wehrhaft wie andere Partisanen. Kiron erblickte bis zu acht Untergrundkämpfer, die sich ausrüsteten und auf dem Weg zur Oberfläche waren. Einer von ihnen wickelte sich ein graues Stirnband um den Kopf und bekam eine harte Mimik. Sie luden ihre Handfeuerwaffen und liefen wie im Gänsemarsch durch den Gang. Derjenige, der unter ihnen den Ton angab, zog ein langes Schwert aus der Lederscheide an seinem Rücken und forderte mit einem Kopfschwung seine Gefährten auf, ihm zu folgen. Der gesprächige Partisan mit dem blonden Haar schaute ihnen nach. Danach drehte er seinen Kopf wieder zu Kiron. Er winkte ab.

„Die werden wir nie wieder sehen‘‘ meinte er dazu. Er hatte mittlerweile eine resignierte Haltung. Kiron hockte sich ihm langsam gegenüber. „Und was hast du zuvor geleistet, warum bist du hier unten? ‘‘ wollte der kühne Rebellenführer wissen.

„Wir waren eine Woche im Schützengraben, außerhalb von Neo City. Wir waren anfangs 46 Männer und konnten die Stellung nicht länger halten. Nur ich blieb übrig, ich konnte dem Feind knapp entkommen‘‘ schilderte er. Kiron nickte.

„Das hatte ich bereits befürchtet, sie werden nach der Metropole die ländlichen Gebiete einnehmen‘‘ äußerte Kiron dazu.

„Ich bin gut behütet auf einer Farm aufgewachsen und hätte niemals gedacht, mal einen Krieg zu erleben‘‘ erwähnte er gegenüber Kiron.

„Ich befürchte, dass diese Invasoren darauf prädestiniert sind und durch viele Kriege schon genügend Erfahrung gesammelt haben‘‘

spekulierte Kiron. Der bärtige Trinker am Tisch hinter ihnen gab
wieder seinen Senf dazu.
„Wir sind desorganisierte Grünschnäbel im Vergleich zu diesen
professionellen Kriegern!'' sagte er ihnen.
„Und sie kennen unsere Schwachstelle, unsere Kinder'' fügte er
hinzu.

Kiron trug einen langen Mantel, der ein wildes Tarnfarbenmuster
hatte. In seiner Lederscheide an der Hüfte steckte ein Dolch, der für
den Nahkampf konzipiert wurde. Sein langes Gewehr trug er mit
einem Lederbändel am Rücken. In der Innenseite seines Mantels trug
er ein silbernes Amulett bei sich, in dem sich ein familiäres Foto
befand. Er stattete dem Bürgermeister von Neo City einen Besuch ab,
der in einem Krankenbett lag. Er hatte sich dem Widerstand im
Untergrund ebenfalls angeschlossen und wurde vor einem Tag schwer
verwundet. Langsam öffnete er seine Augen und erblickte Kiron, der
vor dem Bett stand. „Kiron'' krächzte er mit schwächlicher Stimme.
''Ich übergebe ihnen das Kommando für die Verteidigung von Neo
City. Ich kann nichts mehr ausrichten und bin vorübergehend invalid''
erklärte er. Ihm fehlte das linke Unterbein und drei seiner Finger
waren abgebrannt. Kiron räusperte in seine Faust.
„Ich war für etliche Stunden an der Oberfläche. Es gibt nichts mehr zu
verteidigen, Sir. Die ganze Stadt ist nur noch eine trostlose
Trümmerwüste. Ich vermied es von den feindlichen Truppen gesichtet
zu werden. Sie sind teilweise aus der Stadt abgezogen und werden

demnächst andere Gebiete überfallen. Ich sah nur wenige Leichen.
Viele Menschen sind spurlos verschwunden. Wir vermuten, dass sie
von ihren Raumschiffen entführt wurden'' schilderte der tapfere
Widerstandskämpfer. Kiron blickte sich im Raum um.
,,Wir wissen nicht, was sie mit den Geiseln vorhaben'' fügte Kiron
hinzu. In einem Bett neben dem Bürgermeister richtete sich ein
schlanker Mann mit einem Kopfverband vom Kissen auf und blickte
in ihre Richtung. Kiron erwiderte seinen Blick.
,,Sie werden die Geiseln vermutlich in ihre Heimat verschleppen und
Sklaven aus ihnen machen'' meinte er dazu.
,,Haben sie irgendwelche Anhaltspunkte?'' fragte Kiron ihn.
Der verwundete Stadtbewohner leckte sich über die spröden Lippen.
Sein Gesicht zeigte Furcht und Skepsis.
,,Es verschwinden ausschließlich Minderjährige'' bestätigte er.
Dem Bürgermeister lief es eiskalt den Rücken herunter.
Kiron erschrak sich und musste automatisch an Taskan und Kira
denken. Sein einziger Sohn und dessen Schwester, die irgendwo da
draußen unterwegs waren und vermutlich in Lebensgefahr schwebten.

Doch inmitten der endlosen Finsternis loderte ein kleines

Licht der Hoffnung; Tenko Kamira!

Kapitel 6: Wolfpack, die jugendlichen Bewohner von Neo City

Taskan, der einzige Sohn von Kiron, verschlug es die Sprache, nachdem er mit seinen Gefährten auf dem Dach eines 50 Meter hohen Gebäudes angelangt war. Die Flüsse und Seen vor ihnen leuchteten und glühten pulsierend in einer neongrünen Farbe. Es war kurz vor Mitternacht und die beiden Monde schimmerten schwach wie die müden Augen eines Beobachters inmitten des nächtlichen Firmamentes. Offenbar wurden die Gewässer vom Feind gezielt kontaminiert. Wie sie das bewerkstelligten, wusste er auch nicht. Vermutlich hatten sie irgendwelche schmutzigen Bomben abgeworfen, um ihr Grundwasser zu verseuchen. Man raubte ihnen eine Grundlage nach der anderen. Tenko Kamira, sein Weggefährte, war ebenso bestürzt bei diesem fürchterlichen Anblick. Tanka bekam Tränen in die Augen und schluchzte leise.

„wir sind verloren, die werden uns entweder versklaven oder umbringen! Wir haben keine Zukunft mehr auf Kanzuma! Sie haben uns alles genommen'' sprach er verzweifelt.

Taskan rollte genervt die Augen. Tanka war der Jüngste unter ihnen und galt als hypersensibel.

„Schnauze, Tanka! Das wissen wir auch ohne dich, spare dir bitte deine Bemerkungen!‘‘ fauchte er ihn an. Sie waren nervlich allesamt überstrapaziert. Neo City glich einem gigantischen, leblosen Trümmerfeld. Die anliegenden verseuchten Gewässer erhellten die eisige Nacht mit ihrer strahlenden, grünen Farbe. Es herrschte eine unheimliche Totenstille. Die blühende Welthauptstadt, die einst die Hände ihrer Vorväter mit Hingabe und Liebe erbaut hatten, war nicht wieder zu erkennen. Der Krieg hatte ihre Heimat erreicht.
Sie verspürten Beklemmung und Furcht, aber auch glühende Wut darüber, was ihrer geliebten Heimat angetan wurde. Der Imperator kannte keine Gnade. Die Black Viper fusionierten mit Blood Falcon, ihren galaktischen Nachbarn – eine fatales Bündnis. Es war ein unfairer Krieg gegen die Kleinen und Schwachen. Die Bevölkerung hatte wenig in ihre Abwehrsysteme investiert, weil sie wohl niemals mit einem derartigen Überfall auf ihre Heimat rechneten. Sie waren unvorbereitet und ihnen schutzlos ausgeliefert. Sie führten einen verzweifelten Abwehrkampf und wehrten sich gegen Diejenigen, die ihnen offenbar das Existenzrecht absprachen. Für zarte Gemüter war die prekäre Situation kaum noch zu ertragen. Die folgsamen Schergen des Imperiums verbreiteten Angst und Schrecken, sie agierten mit eiskalter Brutalität und demonstrierten ihre Überlegenheit gegenüber einem kleinen Volk, das vom Pazifismus geprägt war. Sie wussten, wie man Menschen einschüchtern konnte; mit einer perfiden Taktik.

Eine Stunde später…

Tenko Kamira hatte dutzende Jugendliche und Kinder um sich herum versammelt. Er ahnte, dass sie die Stadt aufgeben mussten.
Sie mussten sich vorübergehend für eine Flucht entscheiden.
„Die haben die ganze Stadt verwüstet, diese Dreckschweine!
Das ist unsere Heimat, steht auf und kämpft!" rief er ihnen zu.
Das, was einst die Hände ihrer Vorväter mit Liebe, Eifer und Hingabe erbaut hatten, wurde in nur zwei Nächten vernichtet. Die Lage war katastrophal. So suchten sie Zuflucht in den anliegenden Wäldern außerhalb ihrer Weltstadt, der sie ewig nachtrauern sollten. Es gab kein Zurück mehr. „Wir müssen in die Wildnis, es ist unsere einzige Chance, dem Feind nicht in die Hände zu fallen!" erklärte Tenko.
Sie rannten los. Tenko hatte zuvor zahlreiche Aufklärungssonden mit einem erbeuteten Gewehr abgeschossen, die das gesamte Gebiet nach lebenden Bewohnern auskundschafteten. Sie rannten weiter, bis sie einen großen Erdhügel außerhalb der Stadt erreichten. Tenko entzündete dort eine Leuchtfackel und streckte seinen Arm dabei himmelwärts. Sie rannten ihm nach und folgten ihrem tapferen Leitwolf, der ihnen in der Finsternis die nötige Orientierung geben wollte. Als die Leuchtfackel die letzten Funken versprüht hatte und das grelle Licht erlosch, warf er sie weg und tauchte inmitten des Rudels unter, große Fichten waren bereits in Sichtweite.

Kapitel 7 Die Hölle auf Erden

Die schrillen Sirenen in Neo City verhießen nichts Gutes. Sie warnten vor den Bombardierungen und anderweitigen Angriffen des außerirdischen Invasors, der offenbar weder Gnade noch Mitgefühl kannte. Bodentruppen der Black Viper drangen in die unterirdischen Systeme bzw. U-Bahn Stationen ein, da sie dort versteckte Bewohner vermuteten. Kimbo war mit Lanzo über ein Headset verbunden, sie konnten jederzeit kommunizieren. Kimbo rannte hektisch ein Baugerüst an einem Gebäude entlang, das nicht so schwer wie die anderen getroffen wurde. Er rieb sich den Schweiß von der Stirn und entnahm eine Wasserflasche an seinem Gurt, um einen kräftigen Schluck zu trinken. Noch ahnte er nichts von dem wagemutigen Wolfpack, doch auch er wurde längst mit dem Schrecken des Krieges schonungslos konfrontiert. Er gurtete die Trinkflasche ein und kletterte das Gerüst hektisch herab. Er fühlte sich irgendwie beobachtet. Er wollte das Gebiet erkunden und den mysteriösen Feind besser kennenlernen. Die V-förmigen Bomber, die eine enorme Größe hatten, konnte er momentan nicht sehen. Sie hatten seiner Schätzung nach eine Flughöhe von etwa 8000 Metern. Der Frühherbst war diesmal kalt und trist. Ein grauer Schleier bedeckte den Himmel, die Sonne war als blasse Kugel schwach zu erkennen. Es war ein vernebelter Vormittag und er rechnete mit einem Regenschauer.

Er war kein Bewohner der Nordhalbkugel und bereiste Neo City
äußerst selten. Es war nun das dritte Mal, dass er sich dort aufhielt –
nur diesmal war es keine bequeme Reise, sondern eine Reise ins
Ungewisse. Einmal war er als Austauschschüler dort und durchquerte
das schöne Einkaufszentrum, von dem nur noch jämmerliche
Trümmer übrigblieben. Ihn und Lanzo trennten momentan wenige
Kilometer. Er riet seinem langjährigen Gefährten eindringlich davon
ab, das lokale U-Bahn System zu betreten, da er dem Feind jederzeit
alles zutraute – und zwar alles, was perfide oder tödlich war.
Seinen Mut und seine Abenteuerlust konnte ihm jedoch niemand
nehmen. Plötzlich rauschte und knisterte es. Kimbo empfing einen
Funkspruch an seinem Headset.
„Hast du gesehen, was diese Dreckschweine mit der Stadt gemacht
haben?!'' fragte Lanzo empört. Nahezu alles war verwüstet.
Kimbo knirschte mit den Zähnen „ich bin nicht blind, Kumpel''.
Lanzo hockte sich auf einen Trümmerhaufen, der von dem
Einkaufszentrum übrigblieb. Er konnte inmitten der Ruinen einen
Schokoriegel finden, der dort einst verkauft wurde.
Er riss ihn hastig auf und verspeiste ihn innerhalb weniger Sekunden.
Er zerknüllte das goldfarbene Papier und schmiss es weg.
Fassungslos blickte er sich um und beobachtete aufmerksam die
Umgebung, die sich massiv verändert hatte.
„Was sind das nur für Leute…'' murmelte Kimbo, bisher gab es noch
keinen Feindkontakt, während das Wolfpack bereits aktiv den Kampf
aufnahm und schon etwas mehr über sie wusste.

Plötzlich bemerkte Kimbo, wie der gesamte Boden unter seinen Füßen bebte. Erneut empfing er einen Funkspruch seines vertrauten Cousins. „Kimbo! Ich habe es gesehen, jetzt stecken wir in Schwierigkeiten!" ertönte es aus seinen Kopfhörern. Argwöhnisch drehte Kimbo sich um und erblickte mit Entsetzen eine gigantische Maschine, die zwischen den qualmenden Ruinen, die teilweise brannten, langsam entlang stapfte. Bei jedem massiven Schritt zitterte der Boden und die Umgebung schien in seinen Augen ein wenig zu wackeln. Wer weiß, wie viele Tonnen diese monströse Maschine wog. Er schätzte die Größe des titanischen Giganten auf etwa 80 Meter. Inmitten des Kopfes befand sich ein zyklopisches Auge, das rötlich schimmerte. Es hatte eine smaragdgrüne Lackierung und schien sein Umfeld wie ein eiskalter Jäger konzentriert zu beobachten, als es durch die Gegend lief. Kimbo bekam einen Schreck und rannte umgehend los. Er hielt Ausschau nach geeigneten Versteckmöglichkeiten.
Der Zugang zu einer U-Bahn Station befand sich in der Nähe.
Doch er erinnerte sich an die Gerüchte, dass der unterirdische Trakt, wo einst reibungsloser Bahnverkehr herrschte, bereits belagert wurde. Er wollte es vermeiden in die Fänge des Feindes zu geraten, von dem er noch nichts wusste. Seine Neugierde, Neo City nach dem außerirdischen Überfall zu erkunden, wurde ihm nun zum bitteren Verhängnis. Das, war es er bisher sichtete, war nur schwer zu ertragen. Neo City war eine imposante Metropole und hatte einst 900.000 Einwohner. Viele waren wie vom Erdboden verschluckt.

Er sichtete bisher keine Leichen, von denen jedoch einige garantiert unter den Trümmern begraben wurden. Was war nur geschehen? Wurden manche Bewohner von ihnen entführt oder hatten sie ihre Spuren gründlich beseitigt? Er hoffte noch irgendwelche Bewohner anzutreffen, um sich ihnen und ihrem Widerstand anzuschließen – ein riskantes Unterfangen. Doch er suchte Anschluss. Er war erst zum dritten Mal in Neo City und wusste nicht alles über diese Stadt.
Er ahnte nichts von unterirdischen Bunkeranlagen, in denen es auch mehrere Krankenstationen und sogar eine Kantine gab. Wenigstens diesbezüglich hatte man vorausgedacht, denn dem suspekten Gefasel des alten Hellsehers schenkte man zuvor keinen Glauben. Doch den hellseherischen Greis plagten fürchterliche Albträume, in denen er diese Invasoren manchmal sehen konnte. Diese Angstträume wirkten real und intensiv. Sie machten seiner Angabe nach seit Jahrhunderten die Galaxis unsicher und bedrohten andere Völker. Womöglich suchten sie gezielt nach neuen Opfern, die sie unterwerfen und versklaven konnten. Erst dachte der alte Wahrsager, er hätte sich da in etwas hineingesteigert, was absolut abstrus und verworren war.
Er stufte es dennoch eines Tages als relevant ein und sah sich gezwungen, die Obrigkeit des Planeten zu warnen.
Schon seit Jahrzehnten hatte er den Ruf eines Hellsehers. Für viele war er jedoch ein Sonderling, den man nicht ernst nehmen konnte. Oft wurde ihm nachgesagt, dass er zu viel Phantasie hätte und seine nichtigen Albträume völlig überbewertete. Ihm wurde auch unterstellt, dass er irgendwelche Drogen konsumierte und demnach halluzinierte.

Spöttisch wurde ihm einst gesagt, dass er beim Wandern anscheinend die falschen Pilze eingesammelt hätte, deren Auswirkungen er nicht vertrug. Doch auch tagsüber hatte er manchmal seltsame Visionen, in denen diese Despoten sichtbar wurden. Als die Armada in ihren Luftraum eindrang, war er gerade dabei ein paar Pilze für seine abendliche Suppe zu pflücken. Als er ein giftgrünes, gigantisches Raumschiff am Horizont sichtete, das so laut brummte, dass seine Ohren vibrierten, ließ er vor Schreck seine gesammelten Pilze fallen. Rückwärts lief er in seine Hütte und stolperte dabei. Sein schlimmster Albtraum hatte ihn eingeholt. Er wünschte stets, sich zu irren, doch er hatte den Feind und die Gefahr bereits erkannt. Also lag er richtig mit seinen hellseherischen Fähigkeiten, mit denen er allerdings niemals Anerkennung fand. Er hoffte nur noch ein schmerzfreies schnelles Ende zu erleben, da er diese Unmenschen stets fürchtete und ihnen alles zutraute, was sadistisch oder grausam war. Er schloss sich in seiner Hütte ein und betete mit geschlossenen Augen, wobei er vor Angst zitterte und mit verschwitztem Antlitz leise irgendetwas vor sich hin murmelte. Seine schlimmsten Befürchtungen wurden wahr. Der Präsident sollte es noch zutiefst bedauern, ihm nicht zu glauben, als er ihn einst kontaktierte und mahnen wollte. Nun war es zu spät. Von nun an spielte es keine Rolle mehr. Er hatte sich mit seinem Schicksal schnell abgefunden und fand die Bestätigung, dass seine Vorahnungen ihn nicht trübten, sondern ihm stets den richtigen Weg wiesen. Es fiel ihm schwer die Angst zu unterdrücken, die seine Knochen wie eiskalter Stahl durchbohrte. Er fühlte sich verloren.

Kimbo kauerte an einer Mülltonne, aus der züngelnde Flammen emporloderten. Er umklammerte zitternd sein Gewehr, das er auf die lange Reise mitnahm. Doch gegen diesen zyklopischen Giganten konnte er damit nichts ausrichten. Plötzlich ertönte eine Durchsage, die zweifelsohne von der Kampfmaschine stammte. Von wem wurde sie gesteuert? Steuerte sie sich selbst oder befand sich ein unberechenbarer Pilot inmitten des Schädels? Er wusste es nicht. Vielleicht stammte die Stimme von einem ranghohen General der außerirdischen Streitmacht, der weit entfernt vom Geschehen war und sich in einem sicheren Raumschiff befand. Kimbo lauschte aufmerksam den Äußerungen.

„Bewohner von Neo City, wir wissen, dass sich noch abertausende von euch in der zerstörten Stadt im Untergrund verstecken! Wir fordern sie auf ihre zwecklosen Aktivitäten gegen uns unverzüglich zu beenden, ansonsten werden wir unsere Maßnahmen drastisch verschärfen und euch den Rest geben!‘‘ sprach eine finstere Stimme drohend, die so klang, als ob sie von einem älteren Mann stammte. Kimbo bekam eine nachdenkliche Mimik. „Lanzo, hörst du mich?‘‘ fragte er leise und wartete auf seine Antwort.

Lanzo wurde nervös. „Kimbo! Verstecke dich, solange dieses riesige Monstrum in deiner Nähe unterwegs ist!‘‘ rief er warnend.

„Ich werde versuchen das Auge zu treffen‘‘ schlug er vor.

Lanzo weitete seine Augen. Er wollte ihm davon abraten.

„Bist du wahnsinnig? Kimbo, nein, tue das nicht!" rief er besorgt.
Kimbo biss die Zähne zusammen und richtete sich energisch auf.
Er gab zwei Schüsse hintereinander in die Richtung des riesigen
Ungetüms ab, das die rauchende Stadt wie eine Dampfwalze
durchquerte und etliche Ruinen zum endgültigen Einstürzen brachte.
Der erste Schuss verfehlte das Auge und traf den rechten Oberarm.
Kimbo bemerkte den Aufprall des Laserschusses, da es kurz knisterte.
Nicht wirklich effektiv. Lanzo war sprachlos. Kimbo war
übergeschnappt und riskierte sein Leben. Sie kamen sich gegenüber
der riesigen Kampfmaschine wie lächerliche Ameisen vor. Lanzo
hatte nur noch eine Flucht im Sinn. Doch Kimbo wollte nicht als
wehrloses Opfer gelten. Sein Ziel war es sich demnächst den hiesigen
Widerstandskämpfern anzuschließen. Sein zweiter Schuss traf das
zyklopische Auge, doch dadurch blieb er nicht unbemerkt. Das Auge
blieb dennoch unversehrt. Er konnte der massiven Panzerung nichts
entgegensetzen. Der Koloss blieb abrupt stehen und senkte den Kopf.
Das Auge glühte nun wie das Antlitz eines hasserfüllten Dämons, den
man erzürnte. Aus dem Auge wurde plötzlich ein roter Strahl
abgeschossen, der sich krachend durch die Straßen brannte und Kimbo
unerbittlich verfolgte. Kimbo rannte um sein Leben. Zudem öffnete
sich eine Klappe an der rechten Schulter des imposanten Ungetüms,
aus der eine rauschende Rakete abgefeuert wurde. Seine Provokation
war ein Fehler. Kimbo sah nur noch einen Ausweg. Er rannte einer
Unterführung entgegen, die zu dem städtischen U-Bahn System
führte. Seine Mimik, seine geweiteten Augen, zeigten Ehrfurcht.

Lanzo machte währenddessen eine grauenhafte Entdeckung. An einer Laterne baumelte ein ehemaliger Stadtbewohner. Eine Schlinge umschnürte seinen Hals. Seine Augen waren verschlossen, der Mund stand klagend offen. Er wurde offenbar dafür gestraft, im Widerstand seiner Heimat aktiv zu sein. Ein Partisan, der sich nicht kampflos ergeben wollte. Die schöne Großstadt, in welcher er gern seinen Urlaub verbrachte, glich einem haarsträubenden Schlachtfeld, in dem viele Gefahren lauerten. Lanzo beugte sein Haupt und seufzte. Ihre kleine Welt wurde noch nie mit einem Krieg konfrontiert. Diesbezüglich waren sie unerfahren und unvorbereitet. Ihr mysteriöser Gegner überfiel sie mit gnadenloser Härte und einer zerstörerischen Dynamik. Eines wurde ihnen klar. Man wollte sie mit dieser Vorgehensweise systematisch einschüchtern. Zum ersten Mal mussten sie Hunger und Kälte ertragen – und zwar die eisige Kälte eines tyrannischen Imperiums, das ihre friedvolle Kultur nicht respektierte. Hastig rannte Kimbo die zahlreichen Treppenstufen herab, die in die Tiefe des beheizten U-Bahn Komplexes führten. Die letzten fünf Treppenstufen sprang er herab und rollte sich am Boden ab. Er bemerkte kurz darauf einen ohrenbetäubenden Knall. Die Rakete hatte ihn verfehlt und schlug am Eingang der Unterführung ein. Dunkler Qualm und dichte Staubwolken breiteten sich aus. Die gigantische Maschine lief weiter, der Erdboden bebte wieder merklich nach jedem Schritt. Immerhin konnte er diesem Schrecken unversehrt entkommen. Nun musste er aber sehr vorsichtig sein. Er lief langsam weiter und umspannte sein Gewehr. Misstrauisch blickte er in jede Richtung und

ließ seinen Augen nichts entgehen. Die Totenstille dort unten war irgendwie unheimlich. Die ganze Stadt war wie ausgestorben. Kalter Angstschweiß lief an seinen Schläfen herab. Kimbo hatte große Zweifel. Er wusste nicht, ob aus ihm jemals ein guter Freiheitskämpfer werden konnte. Er stand erst am Anfang. Er war noch sehr jung und ein gewaltfreies Umfeld gewohnt. Vielleicht hatte er sich übernommen. „Krieg‘‘ war für ihn undenkbar und stets aus seinem Wortschatz gestrichen. Er wollte gar nicht erst wissen, wie viele andere Welten schon vor ihnen von diesen abgebrühten Tyrannen unterjocht wurden. Er blieb kurz stehen und lauschte. Er hörte, dass unter ihm weiterhin vereinzelt U-Bahnen fuhren. Er lief an einem mit Neonfarben beleuchteten Fahrkartenautomaten vorbei und folgte den nächsten Treppenstufen, die in eine untere Etage führten. Kimbo erschrak sich. Die Wände waren teilweise beschmiert mit Blut. Inmitten einer Blutlache lag ein schwarzes Gewehr, das ungefähr 70cm lang war. Hier hatte eindeutig ein Kampf zuvor stattgefunden. Er beugte sich und hob das Gewehr auf. Er überprüfte den Zustand und musste zu seiner Enttäuschung feststellen, dass es keine Munition mehr hatte. Langsam und lautlos legte er es wieder vorsichtig auf den Boden. Weit und breit konnte er bisher noch keinen Invasor sichten. Vermutlich waren sie bereits abgezogen, was er auch hoffte. Er stieg eine weitere Etage in die Tiefe. Dorthin, woher er die Laute der U-Bahn wahrnahm.
„Wo bist du?‘‘ fragte Lanzo plötzlich neugierig.

„Ich bin der Maschine entkommen und ins U-Bahn System geflüchtet" erklärte er. „das ist nicht dein Ernst" kommentierte Lanzo. „Ich hatte keine andere Wahl, denn ansonsten wäre ich jämmerlich verbrannt" entgegnete Kimbo.
Er blieb stehen, als eine stahlgraue U-Bahn vor ihm mit einem leisen Quietschen anhielt. Er wurde nervös. Misstrauisch legte er sein Gewehr an und zielte auf den Eingang der U-Bahn, der allerdings keine Fenster besaß und somit keinen Einblick ins Innere gewährte. Als der Eingang sich öffnete, erblickte er den größten Schrecken seines Lebens. Ein schwarzer Ritter, der weit über zwei Meter groß war, stand ihm direkt gegenüber. Er wollte gerade den Abzug seines Gewehrs betätigen, doch der gepanzerte Gigant war schneller als er und warf sich direkt auf ihn. Das Gewehr rutschte drehend am Boden entlang, der schwarze Ritter lag über Kimbo und drückte dessen Unterarme an den Boden, als er sich dagegen sträubte. Kimbo versuchte sich fieberhaft aus den Fängen zu befreien. Es entstand ein hektisches Handgemenge zwischen ihnen. Er war ihm körperlich weit unterlegen. Der schwarze Ritter zückte nun einen schwarzen Stick, an dessen Ende eine scharfe Spitze grünlich flimmerte. Zuvor hatte er daran einen Deckel wie bei einem Filzstift abgezogen. Kimbo wusste nicht, was er damit vorhatte. Für eine Handwaffe war es aber zu klein. Kimbo weitete seine Augen.
„Es ist vorbei…" flüsterte der schwarze Ritter ihm zu und drückte ihm die leuchtende Spitze seitlich in den Hals. Kimbo spürte dabei kaum etwas, doch langsam schloss er seine Augen. Seine Arme, mit

denen er sich zuvor hektisch wehrte, erschlafften. Er verlor sein
Bewusstsein. Langsam richtete sich der unheimliche Krieger auf.
Die U-Bahn fuhr weiter. Er winkelte seinen rechten Unterarm an und
hielt ihn sich vor die Lippen, nachdem es kurz piepste.
„Dr. Zanis, ich habe hier ein Prachtexemplar für sie und ihre
wissenschaftliche Tätigkeit gefunden. Ein echter Wildfang!" sprach
er heiter. Er bemerkte eine leise Stimme, die aus den Kopfhörern des
Headsets rauschte. Er riss sie von seinem Kopf, ließ sie auf den kalten
Boden fallen und zertrat sie mit seinem gestiefelten Fuß. Der Kontakt
zu Kimbo brach ab. Lanzo rechnete mit dem schlimmsten.
Mit bestürzter Mimik hockte er sich an eine demolierte Mauer und
nahm langsam sein Headset ab. Ihm wurde bewusst, dass sein Cousin
aufgespürt wurde. Er hatte Angst ihn zu verlieren. Ein kalter Schauder
durchfuhr seine Knochen und schnürte ihm den Magen zusammen.

Eine halbe Stunde verging. Kimbo wurde an einem schwarzen Kabel
durch die Straßen geschleift. Sein rechtes Unterbein war dadurch
umwickelt. Langsam öffnete er seine Augen und kam wieder zu sich.
Er tastete sofort nach seinem Hals und bemerkte eine kleine
Schnittwunde. Ihm wurde klar, dass er zuvor betäubt wurde. Er war
noch benommen und sah die Umgebung verschwommen, doch er
hatte die Situation sofort erfasst. Ihm war bewusst, dass er von dem
schwarzen Ritter, den er in der U-Bahn Station begegnete, verschleppt
wurde. Er ballte seine Fäuste und zeigte knurrend seine Zähne.
Er versuchte sich aufzurichten, nur eines seiner Beine war geknebelt.

„Du verdammtes Raubtier!'' schrie er ihm zu. Der schwarze Ritter drehte sich sofort um und blickte mürrisch auf ihn herab. Kimbo versuchte nach ihm zu schlagen, doch der außerirdische Krieger verpasste ihm einen wuchtigen Schlag in den Bauch, als Kimbo sich aufrichten konnte und vor ihm stand. Kimbo ächzte und fiel mit schmerzverzerrter Miene auf die Knie. Anschließend verpasste er dem aufmüpfigen Burschen einen Tritt ins Gesicht, wodurch sein Nasenbein knackend zerbarst. Kimbo fiel auf den Rücken und rührte sich nicht mehr. Erneut wurde er bewusstlos. Der schwarze Ritter zog ihn weiter hinter sich her, wobei er eine lange Blutspur am Boden hinterließ. Es blieb dramatisch. Plötzlich bemerkte der brutale Gigant ein Pfeifen, was ihn aufhorchen ließ. Aus zwei rauchenden Ruinen traten ein Dutzend Männer hervor, die langsam nach vorne schritten und mit ihren Handfeuerwaffen nach ihm zielten.

Zwölf grüne Punkte kreisten auf seinem Oberkörper, die offenbar von Zielvisieren stammten. Die Männer trugen allesamt hellgraue und teilweise dunkelgraue Monturen, um in den Ruinen nicht so sehr aufzufallen. Ihre Gesichter waren eingestaubt. Es waren einheimische Untergrundkämpfer. Kiron befand sich unter ihnen, der diese Gruppe momentan anführte. Diesmal trug er seinen Mantel nicht, der ein geflecktes Tarnmuster hatte. Stattdessen trug er ein feldgraues Shirt und ein Armband am linken Unterarm, das in einer silbernen Farbe funkelte. Seine Mimik war grimmig und angespannt, als er den Feind ins Visier nahm.

„Lassen Sie sofort den Jungen gehen!'' forderte Kiron energisch.

„Von euch aufmüpfigen Terroristen lasse ich mich nicht
einschüchtern!" entgegnete der schwarze Ritter.
Kiron war empört und traute seinen Ohren nicht.
„So ist das also. Wenn man aufbegehrt und seine geliebte Heimat
verteidigen möchte, ist man bei euch ein Terrorist…" sprach Kiron.
„Ihr habt unserer Heimat Not und Elend gebracht! Was soll das, was
haben wir euch getan?" fragte ein bärtiger Partisan, der ein gelbes
Stirnband trug und kurzes, lockiges Haar hatte.
„Ich habe keine Zeit für Konversationen…ihr Erdmaden" antwortete
der Hüne. Langsam kam Kimbo wieder zu sich.
„Unsere Flüsse sind radioaktiv verstrahlt, unsere Stadt
verwüstet…Terror ist was ganz anderes, Freundchen" knurrte ein
Partisan, der drei Pflaster und etliche Kratzer im Gesicht hatte.
„Mir ist es strikt untersagt, sich bei Feindkontakt zu ergeben"
beteuerte der Gigant, der eine pechschwarze Rüstung trug.
Er streckte seinen rechten Arm auf Schulterhöhe und feuerte
Lasergeschosse ab, die einen schrillen Klang hatten und von seinem
Handgelenk abgeschossen wurden. Die Partisanen verteilten sich in
verschiedene Richtungen und schossen vehement zurück.
Kiron warf sich auf den Boden. Seinem Gefährten neben ihm
zerplatzte der Schädel. Ein sprudelnder Blutregen ergoss sich für
einen kurzen Augenblick in sämtliche Richtungen. Nur winzige
Partikel, die kaum sichtbar waren, blieben von seinem Kopf übrig.
Eine rötliche Rauchwolke war kurz sichtbar und löste sich direkt
wieder auf. Mit rauchendem Hals kippte er wie ein nasser Sack auf

den Rücken. Seine rechte Hand hatte immer noch den Griff des Gewehrs fest umklammert. Die Lasergeschosse hatten eine außerordentliche Wucht. Etliche Schüsse trafen die Brustpanzerung des schwarzen Ritters. Grelle Funken prasselten knisternd auf den Asphalt. Plötzlich griff er nach seinem rechten Schenkel, unterhalb der Hüfte befand sich dort seitlich ein ledernes Halfter. Er zog lächelnd einen Bumerang hervor, der grünlich leuchtete. Er holte mit einer halben Körperdrehung Schwung und schleuderte ihn frontal in die Menge, die ihm kampfbereit gegenüberstand. Kiron drehte sich um und erblickte mit Entsetzen seinen Kameraden, aus dessen offenem Hals eine Fontäne Blut senkrecht für etliche Sekunden stoßweise spritzte. Sein Kopf flog drehend meterweit empor und schlug am Boden auf, worauf er noch etliche Meter weiter rollte und eine Blutspur hinterließ. Langsam kippte er seitlich auf die Straße, sein Gewehr landete klappernd neben ihm. Blut floss aus dem Hals, sein rechter Unterarm zuckte noch. Es war ein schauriger Anblick. Der Bumerang flog dem schwarzen Ritter zurück in die rechte Hand. Kiron richtete sich rasch vom Boden auf und rannte ihm energisch entgegen. Kimbo war ihm immer noch wehrlos ausgeliefert und zitterte vor Angst. Der schwarze Ritter löste seine linke Hand von dem Kabel und widmete sich Kiron. Kimbo bemerkte dies und wollte einschreiten. Er kroch ihm entgegen und hielt ihn mit beiden Armen am linken Bein fest. Kimbo zeigte wieder seine Zähne und kniff die Augen zusammen. Mit dem rechten Bein trat der schwarze Ritter ihm an die Schläfe. Benommen klatschte Kimbo mit dem Gesicht auf den

50

kalten Asphalt, ein stechender Schmerz durchdrang dabei seinen Kopf. Im gleichen Augenblick warf sich Kiron auf den schwarzen Ritter. Beide stürzten wuchtig auf den Boden. Kimbo kroch ächzend am Boden entlang und entfernte sich von ihnen. Mit Entsetzen beobachteten seine Gefährten den hektischen Kampf. Sie rollten sich einige Male am Boden. Kiron war über ihm und drosch mit mehreren Fausthieben auf seinen Kiefer ein. Die einzige Stelle am Kopf, an dem er nicht geschützt war. Womöglich trugen sie derartige Helme, um den Gegner mit diesem Erscheinungsbild einzuschüchtern, damit die Zähne sichtbar waren. Ihre Eckzähne waren länger als bei anderen Menschen und ließen sie wie mächtige Raubtiere aussehen. Kiron gelang es, ihm den Helm vom Kopf zu reißen. Seine Kameraden feuerten ihn lautstark an und rissen die Arme dabei in die Höhe. Der Helm rollte Kimbo vor das Gesicht, worauf er mit großen Augen überrascht drein blickte. Der schwarze Ritter knurrte aggressiv und verpasste Kiron einen wuchtigen Tritt an die Brust, worauf er meterweit auf den Rücken flog. Er hielt sich keuchend die Brust und stand umgehend wieder auf. Der schwarze Ritter griff wieder rasch an seinen Oberschenkel und wollte abermals den leuchtenden Bumerang einsetzen. Das intensive Leuchten hing wohl mit irgendwelchen Neutronen zusammen, vermutete Kiron. Er durchschnitt Fleisch und Knochen wie Butter. Er hatte den Bumerang prompt gezogen und wollte gerade wieder Schwung holen, doch ein Lasergeschoss traf die Mitte seiner verschwitzten Stirn.

Mit offenem Mund und geschlossenen Augen kippte der Riese wie ein
gefällter Baum langsam zu Boden.
Ein schwarzes Loch brannte inmitten seiner Stirn. Es roch überall
nach verbranntem Fleisch. Es war Geruch des Krieges. Kimbo
taumelte in ihre Richtung.
Er konnte gerade noch „danke" sagen, dann brach er zusammen.
Er war ausgelaugt und ausgezehrt, dies war ihnen klar.
Kiron ging in die Beuge und musterte den toten Feind mit
hasserfüllten Augen. Auch er hatte durch sie vieles verloren.
Seine Kameraden kamen angerannt und zielten immer noch nach ihm.
Kiron schlug einem mit der Handkante an das Gewehr.
„Er ist tot, verdammt" zischte er hinweisend.
Er riss ihm den Halfter von dem Oberschenkel und steckte den
Bumerang sachte hinein.
„Der Bumerang ist glühend heiß" bestätigte er nebenbei.
Kiron schulterte den bewusstlosen Kimbo. Sie verließen die Stelle, an
der zuvor ein heftiger Kampf tobte.
„Sieht, seine Hautfarbe. Der kommt vom Südkontinent"
sprach einer der Männer hinweisend.
„Wäre er besser daheim geblieben…" antwortete Kiron.
Er hielt diesen Burschen nicht nur für abenteuerlustig, sondern auch
für äußerst lebensmüde. Sie zogen weiter.
„Das würde ihm nicht viel nützen, denn ihre Gebiete werden
garantiert auch noch von dieser Brut heimgesucht" entgegnete sein
Kamerad. Alle nickten stumm.

Kapitel 8 *Im Feuersturm des Krieges*

Lanzo ahnte nicht, dass die Invasoren in den Nächten offenbar aktiver waren. Ziellos und verängstigt eilte er durch die Ruinen der demolierten Großstadt. Rote Scheinwerfer kreisten auf den farblosen Straßen, die von den rabenschwarzen Aufklärungsschiffen stammten, die wie neugierige Raubvögel das Gebiet absuchten. Er vermied es gesichtet zu werden. Er bemerkte das tiefe Grollen von zwei Panzern, die durch die Straßen rollten und deren Ketten dabei quietschten. Kurz darauf vernahm er einen fremdsprachigen Gesang.
Er stieg in eine Mülltonne und knallte schnell den Deckel zu.
Er zitterte wie Espenlaub und war schweißgebadet.
Ein dunkelgrauer, flacher Panzer rollte grollend vorbei, dicht gefolgt von vier Dutzend Soldaten, die gemeinsam ein militantes Lied sangen, dessen Sprache er nicht verstehen konnte. Er kauerte zehn Minuten lang in der engen Mülltonne, bis er sie nicht mehr hören konnte.
Er konnte jedoch aus der Ferne hören, dass alle Soldaten zeitgleich losrannten und eine aggressive Bemerkung schrien. Offenbar konnten sie noch einen Bewohner entdecken, der weniger Glück als er hatte.
Er hörte noch einen panischen Hilfeschrei, kurz darauf das Feuern mehrerer Gewehre. Der Schrei verstummte. In der Ferne schepperte es. Anscheinend wurde dort irgendwo eine schwere Bombe gezielt abgeworfen. Tagsüber zeigten die Invasoren weniger Präsenz.

Langsam und lautlos hob er den Deckel an und spähte mit
angsterfüllten Augen aus dem schmalen Spalt heraus. Er schloss den
Deckel jedoch sofort wieder, als ein feuerroter Kreis auf ihn
zusteuerte. Die Aufklärungsschiffe bewegten sich momentan recht
langsam. Wo war er da nur hineingeraten? Er befürchtete, dass Kimbo
bereits umkam. Seine Angst und Nervosität steigerten sich, als er
bemerkte, dass jemand plötzlich die Mülltonne hinter sich herzog.
Er rührte sich nicht und wartete ab. Nach drei Minuten stoppte die
Mülltonne. Der Deckel wurde aufgerissen. Lanzo kauerte zitternd
zwischen dem Abfall und hatte die Augen krampfhaft verschlossen.
Als er seine Augen langsam öffnete, war er jedoch erleichtert.
Er erblickte das scharfkantige Gesicht eines einheimischen
Widerstandskämpfers, der ein blaues Stirnband trug und hellbraunes
Haar hatte. Der Mann legte seinen Zeigefinger lautlos an die Lippen,
um ihm damit zu signalisieren, dass er leise bleiben sollte. Er schätzte
dessen Alter auf Ende 30. Drei leuchtende Kreise der
Suchscheinwerfer kamen immer näher. Er packte ihn am Kragen
unterhalb seines Nackens und zog ihn aus der Mülltonne unsanft
heraus. Er packte Lanzo und zerrte ihn mit sich, wobei er den roten
Lichtkegeln der suchenden Scheinwerfer ausweichen konnte.
Sie näherten sich einem Fenster, das zu einem Erdgeschoss
irgendeines Gebäudes führte, das noch zur Hälfte unversehrt blieb.
Er warf ihn durch das offene Fenster und kletterte ebenfalls hindurch.

54

Kurz darauf stürmten bis zu neun Infanteristen an dem Gebäude
vorbei, die offenbar jemanden verfolgten. Irritiert blickte Lanzo zu
seinem Helfer, der das Fenster sachte und lautlos schloss.
Zwei Neonröhren blinken schwach an den Wänden.
Lanzo sah sich achtsam um und konnte nach wenigen Sekunden
feststellen, dass er sich in einem ehemaligen Supermarkt befand.
An einer Wand hockte ein bärtiger Partisan, der krauses Haar hatte
und ein gelbes Stirnband trug. Sein Gesicht war zeitweise vom Rauch
seiner Pfeife verhüllt. Doch langsam wurde ein leichtes Lächeln
sichtbar, als er zu Lanzo blickte und der Qualm nachließ.
„Da draußen ist die Hölle los, was‘‘ sprach er lächelnd mit
halboffenen Augen. Sein Retter blickte noch eine Weile aus dem
Fenster, wobei er ein Nachtsichtgerät verwendete. Wortlos legte er es
beiseite und zog den Rollladen nach unten.
„Nachts ist es noch schlimmer…die scheinen niemals müde zu
werden‘‘ fügte der Partisan hinzu und nahm einen wiederholten Zug
von seiner hölzernen Pfeife. Langsam richtete sich Lanzo auf. Sein
Helfer drückte ihm die Hand.
„Mein Name ist Kiron, das an der Wand ist mein Gefährte Sally.
Willkommen im Untergrund, junger Mann‘‘ stellte er sich vor.
Lanzo bedankte sich für seine Hilfe. Kiron stellte eine Lampe auf den
Fußboden, um die Räumlichkeit halbwegs zu erleuchten.
Das Licht der beiden beschädigten Neonröhren war zu schwach.
Alle Jalousien waren mittlerweile unten. Sie wollten nicht bemerkt
werden. Kiron blieb ruhig und gefasst.

„Was ist, wenn sie hier irgendwann eindringen und uns finden?“
fragte Lanzo mit besorgtem Blick. Anscheinend fühlte er sich dort
nicht sicher genug. Der lockige Partisan lächelte wieder und griff nach
seinem Gewehr, das er Lanzo zeigte.
„Dann verpassen wir ihnen eine Ladung Laser oder Plasma. Ich lasse
mich von denen doch nicht einschüchtern“ entgegnete er.
„Das ist jetzt ein Selbstbedienungsladen, also falls du Hunger oder
Durst haben solltest, greife einfach zu. Einiges ist noch da“ erklärte
Kiron und klopfte ihm kameradschaftlich auf die Schulter.
Einiges wurde bereits geplündert; vermutlich auch vom Feind.
„Spätestens morgen früh verschwinden wir von hier“ fügte Kiron
hinzu. Lanzo lief einem Regal entlang und entdeckte eine transparente
dreieckige Verpackung, in der sich ein saftiges Sandwich befand.
Er riss die Packung auf, hockte sich ebenfalls an die Wand und
begann zu essen. Ein Sandwich in einer dreieckigen Verpackung.
Es gab wohl keinen Planeten, welcher der Erde im Sonnensystem so
ähnlich war. Wie ein Spiegelbild der Erde, jedoch mit dem
Unterschied, dass die Bewohner von Kanzuma zuvor keine Kriege
kannten. Den meisten fiel es schwer, sich daran zu gewöhnen.
Als Lanzo morgens erwachte, spürte er, dass etwas an seinen Kopf
gebunden wurde. Er tastete nach seiner Stirn und stellte fest, dass es
ein Stirnband war. Er wurde im hiesigen Widerstand aufgenommen.
Während er schlief, wurde ihm das Stirnband einfach sachte
umgebunden. Kiron hockte ihm gegenüber und trank aus einer Dose

frische Limonade, die ihm sichtlich schmeckte. Kiron zwinkerte ihm
zu und nippte an der grünen Dose. „Guten Morgen'' murmelte er.
„Was ist eigentlich mit dem riesigen Zyklopen, habt ihr ihn auch
gesehen?'' fragte Lanzo besorgt. Kiron richtete sich auf und spuckte
auf den Boden. Sally füllte seinen Rucksack hastig mit diversen
Lebensmitteln. Sally lächelte, als er die Frage vernahm.
„Den haben wir mit drei Raketenwerfern zu Fall gebracht'' antwortete
ihm Kiron. Lanzo zeigte sich weiterhin interessiert.
„Befand sich ein Pilot in dem Kopf?'' wollte er wissen.
„Nein…'' raunte Kiron. Lanzo war entsetzt darüber, was für
Fähigkeiten und Hochtechnologien der Feind besaß.
„Du hast einen Gefährten, stimmt's'' merkte Kiron an.
Lanzo wurde etwas nervös. Er hatte Angst und wusste nicht, ob
Kimbo noch am Leben war. Kiron lächelte leicht.
„Keine Sorge, er ist zwar verletzt, aber in Sicherheit'' erwähnte er.
Lanzo war erleichtert. Lanzo bekam nun eine nachdenkliche Mimik.
„Was wollen diese Invasoren nur erreichen, welches Ziel verfolgen
sie?'' fragte er. Kiron lehnte sich an die Wand und verschränkte die
Arme. Sally stellte sich neben Kiron und blickte zu Lanzo.
„Du siehst ziemlich irritiert aus, Junge'' sagte ihm Sally.
„Die Sache ist ganz einfach…'' raunte Kiron.
Lanzo blickte sie beide fragend an.
„Sie wollen uns langsam und schleichend ausrotten…''
„ein Genozid?'' fragte Lanzo mit schockierter Miene.
„Ich werde es niemals verstehen…'' flüsterte Lanzo.

„Warum das geschieht? Keine Ahnung, vielleicht sind sie Rassisten
und verachten unsere Lebensweise oder sie beneiden uns…"
munkelte Kiron. Sally riss ihm die Dose aus der Hand und trank sie
leer. „Ich sage euch, was ich davon halte…" murmelte Sally.
„Ich denke, dass wir nicht die ersten Opfer sind…sie ziehen durch die
Galaxis und vernichten alles, was ihnen in die Quere kommt…das
sind echte Teufel…" munkelte Sally.
„Lebt der Präsident eigentlich noch?" fragte Lanzo neugierig.
„Ja, auch er ist in Sicherheit…er hat sich im Bunker verkrochen…für
den Kampf ist er zu feige" erklärte Sally.
Kiron warf sein Gewehr auf Lanzo, der es mit beiden Armen auffing.
„Ich bin kein Krieger" sagte Lanzo dazu.
„Dann wirst du es jetzt…wenn du überleben willst, musst du mit uns
kommen" erwiderte Kiron.
„Und was ist mit ihnen?" fragte Lanzo verdutzt.
„Ich habe noch andere Waffen dabei…ich kann mit weniger
auskommen" erklärte er. Kiron lief einem Fenster entgegen und
drückte den Rollladen nach oben.
„Nachts sind sie stärker und gefährlicher…aber seid trotzdem
wachsam. Auch tagsüber sind sie aktiv, es werden noch viele
unterwegs sein" erklärte Kiron. Sie stiegen alle drei durch das offene
Fenster. Sally trug seinen Rucksack am Rücken, den er mit
Lebensmitteln gefüllt hatte.

Sally lief etwas geduckt und huschend Kiron hinterher, wobei er sein Gewehr umspannte. Als sie den Supermarkt 800 Meter hinter sich ließen, blieb Kiron kurz stehen. Misstrauisch blickte er sich um und musterte seine Umgebung mit skeptischer Mimik. Er traute der vorübergehenden Stille und Ruhe nicht. Lanzo blieb ebenfalls stehen und erblickte mit Erstaunen die reglosen Überreste des zyklopischen Giganten, der mit zersplittertem Kopf auf dem Rücken lag. Den Frieden, den sie einst kannten, war nur noch eine entfernte Erinnerung, die sie in ihren gebrochenen Herzen trugen. Sie waren in der prekären Situation gefangen, aus der es kein Entrinnen gab. Sie mussten sich den Gefahren stellen, die sie so oder so einholten. Viel zu verlieren gab es für manche nicht mehr. Die Zahl Derjenigen, die willkürlich den Weg des Märtyrertums wählten, stieg Tag für Tag. Vor allem tendierten dazu Menschen, die zu Vollwaisen oder Witwern wurden. Doch gab es auch jene, bei denen dieser blanke Schrecken grenzenlose Panik verursachte. Nämlich Diejenigen, die sich zur Flucht entschieden, da sie den waghalsigen Abwehrkampf gegen diese Übermacht als zwecklos und aussichtslos erachteten.

Kiron blieb erneut stehen und warf mit einer Hand einen Blick durch sein Fernglas. Langsam öffnete er seinen Mund. Er senkte das Fernglas und forderte seine Gefährten auf, ihm zu folgen. „verdammt, was ist denn jetzt los‘‘ fragte sich Sally und rannte ihm eilig hinterher. Von weitem erkannte Sally einen Moment später,

dass bis zu drei Personen, augenscheinlich Einheimische, andere
Bewohner brachial verdroschen. Als sie nur noch 40 Meter von ihnen
entfernt waren, verlangsamte Kiron seine Schritte, was seine
Gefährten ihm sofort gleichtaten. Auf dem kalten, staubigen Asphalt
lagen drei ausgemergelte Burschen mit schmerzverzerrten Gesichtern.
Die drei erwachsenen Personen traten mehrfach nach ihnen und
äußerten mit wutentbrannter Stimme wüste Beschimpfungen, in denen
abwertende Begriffe wie „Drückeberger" oder „Feigling" fielen.
„Hey!" schrie Kiron ihnen zu, als sie ihnen entgegen liefen.
Der Anführer unter dem Trio ließ von den malträtierten Burschen
ab, hob seinen Kopf und widmete seinen Blick den fremden
Ankömmlingen, die ebenfalls zu dritt unterwegs waren.
Einer der verprügelten Jünglinge richtete sich keuchend auf und
spuckte mit verzerrter Miene sein Blut auf die Straße.
„Was soll das hier?" wollte Kiron wissen und stellte sich ihnen
gegenüber, sein Blick war streng und kritisch. Sie waren ihnen eine
Erklärung schuldig, schließlich waren es trotz allem Angehörige
seines bedrohten Volkes. Der Wortführer unter den drei erwachsenen
Partisanen trat langsam hervor und musterte mit genervtem Blick
Kiron und seine Gefährten. Er trug ein grünes Stirnband, war 182cm
groß und war vermutlich nicht älter als 40 Jahre. Er hatte eine
ausgeprägte Adlernase und dichte, lange Augenbrauen zierten seine
stahlblauen Augen, die Kiron anfunkelten. Sein Kopfhaar war
dunkelbraun und die Seiten komplett abgeschoren. Seine beiden
Gefährten ließen ebenso von den armen Burschen ab und warfen Sally

und Lanzo herausfordernde Blicke zu, während Kiron mit ihrem
Anführer verbal beschäftigt war.
Der athletische Partisan mit dem grünen Stirnband deutete mit seinem
Gewehr und einem Kopfschwung auf die drei Jugendlichen, die
hustend und mit blutigen Nasen am verstaubten Straßenboden
kauerten. Einer von ihnen richtete sich langsam mit verzerrter Mimik
auf und hielt sich dabei schnaubend den Bauch. Kiron blickte den
Anführer mit dem grünen Stirnband fragend an. Lanzo schüttelte
fassungslos den Kopf.
„Diese drei jungen undisziplinierten Männer haben wir am Stadtrand
von Neo City aufgegriffen. Diese Drückeberger wollten die Stadt
verlassen, obwohl wir ihnen zuvor strikt befohlen hatten, sich am
Abwehrkampf zu beteiligen. Wir hatten ihnen zuvor eine ordentliche
Ausrüstung und stattliche Bewaffnung angeboten. Sie ließen ihre
kostbare Ausrüstung links liegen und ergriffen die Flucht. Sie ließen
uns achtlos im Stich und überließen uns das Kämpfen. Wir haben für
diese Feigheit kein Verständnis‘‘ schilderte ihnen der Mann mit der
langen Adlernase. Die Nerven lagen bei vielen blank, das zumindest
konnte Kiron nachvollziehen. Kiron deutete auf die drei
verdroschenen Kerle, die ängstlich ihn und seine Gefährten anstarrten.
Sie bemerkten sein blaues Stirnband und wussten somit, dass er als
Rebellenführer einiges zu melden hatte.
„Sehen Sie sich mal diese abgemagerten Burschen an.
Sie und ihre Männer haben sicher bereits auch gesehen und erlebt, mit
welchen übermächtigen Monstren wir es zu tun haben. Es ist keine

Schande, wenn man hierbei Schwäche zeigt und sich in Anbetracht
dieser ungleichen Verhältnisse für eine Flucht entscheidet. Sie können
diese Jugendlichen nicht dazu zwingen.'' entgegnete Kiron.
„Jeder Mann hat zu kämpfen und sich diesem harten Schicksal
bedingungslos zu fügen!'' antwortete darauf einer der Partisanen.
Der athletische Widerstandskämpfer musterte Kiron nachdenklich.
„Sie kommen mir irgendwo her bekannt vor'' meinte er nebenher.
Kiron nickte und musterte ihn ebenso.
„Ich war der Eigentümer des örtlichen Einkaufszentrums'' bestätigte
Kiron, er hatte weder Stolz noch Freude in seiner Stimme.
„Und wer sind Sie?'' wollte Kiron anschließend wissen.
„Ich war vor der außerirdischen Invasion Sportlehrer an einer
Oberschule'' bestätigte sein Gegenüber mit strengem Blick, auch er
ließ sich keinen Stolz anmerken.
Sally lief Schweiß an den Schläfen herab.
Er befürchtete, dass es zur Konfrontation zwischen ihnen kommen
konnte, was er überdies absolut unnötig fand.
„Wenn Sie möchten, übergebe ich euch diese drei nutzlosen
Angsthasen. Aber ich garantiere Ihnen, dass sie eure Wege und eure
Reise nur behindern werden, wenn ihr die Überreste von Neo City
weiterhin durchqueren wollt'' merkte er an.
Der Partisan mit dem grünen Stirnband grinste kurz und verächtlich.
„Viel Glück mit dem törichten Gesindel'' sagte er ihm, sie drehten
sich um und entfernten sich mit langsamen Schritten.
„Ein Klotz am Bein…'' murmelte Sally mit mürrischem Blick.

Kiron hatte offensichtlich Mitleid mit den jugendlichen Deserteuren und sogar Verständnis für ihr Handeln.
Sie taumelten ächzend und wehklagend auf sie zu und bedankten sich für ihr couragiertes Einschreiten. Sally war jedoch sichtlich erleichtert, dass es nicht zur einer Schlägerei oder gar Schießerei zwischen ihnen kam. Wer weiß, wann diese rabiaten Männer das letzte Mal etwas Nahrhaftes aßen. Kiron las die blanke Furcht in den Gesichtern der abgezehrten Burschen. Wer weiß, welch Grauen sie zuvor erleben und mit ansehen mussten. Angst war menschlich, und nicht jeder war für die schonungslose Gewalt des Krieges geschaffen. Doch eines wusste Lanzo. Auch wenn er Kiron erst seit kurzem kannte. Dieser Mann war der geborene Krieger – er war der Engel von Neo City und ein kleiner Hoffnungsfunken in diesem aussichtslosen Kampf. Sally war noch pessimistischer. Für ihn war Kiron lediglich ein kleiner Mitstreiter in einem tragischen Endkampf. Doch Kiron beugte nicht das Haupt und hielt Stand. Vor einer gefühlten Ewigkeit hörte Sally, der ehemalige Arbeitskollege von Kiron, ebenfalls die besorgte Mitteilung des alten Hellsehers im Radio. Er bereute es, dass er dies nicht ernst genug nahm und als unglaubwürdig einstufte.
„seid ihr alle drei Waisen?“ fragte Kiron.
Sie nickten wortlos.

Sally bekam einen skeptischen Blick und griff nach seinem Fernglas.
„Da stimmt was nicht" merkte er an. Kiron blickte abermals durch
sein Fernglas und Sally tat es ihm gleich.
Die drei erwachsenen Partisanen kamen nicht weit.
Sally, Lanzo und Kiron rannten los und eilten ihnen zur Hilfe.
Die drei unbewaffneten Burschen blieben zitternd stehen und warfen
sich ratlose Blicke zu. Vor den Füßen des Sportlehrers bröckelte der
Asphalt, worauf er zurückschreckte und vorsichtig zurücksprang.
Wie ein abgeschossener Torpedo krachte ein schwarzer Ritter durch
die Straße, der zuvor anscheinend in der Kanalisation unauffällig
unterwegs war. Zahlreiche Gesteinsbrocken landeten verstreut und
rieselnd am Boden. Er fletschte knurrend die Zähne und streckte
seinen rechten Arm in ihre Richtung, dessen Unterarmgelenk
bedrohlich in einer grünen Farbe aufleuchtete.
Der ehemalige Sportlehrer lief etliche Schritte argwöhnisch zurück,
legte gezielt sein Gewehr an und gab einen strahlenden Schuss ab.
Ein guter Treffer! Immerhin traf er sein rechtes Unterarmgelenk, mit
dem der stattliche Hüne gerade Lasergeschosse nach ihnen abfeuern
wollte. Ächzend stolperte der schwarze Ritter zurück und griff mit der
linken Hand nach seinem rechten Unterarm, aus dem glühende
Funken hervortraten und knisternd auf die staubige Straße spritzten.
Die kleine Apparatur an seinem rechten Unterarm flammte und
brannte sich in sein Fleisch. Er riss es mit der linken Hand hastig ab
und ließ es auf den Boden fallen. Weitere Schüsse folgten, Kiron,
Sally und Lanzo reihten sich nun neben ihnen ein und gaben ebenfalls

etliche Schüsse ab. Der schwarze Ritter torkelte rückwärts und zuckte nach jedem Treffer. Er griff so schnell er konnte an seinen ledernen Gurt und entnahm eine dunkelblaue Kugel, die etwas größer als ein Tennisball war und zwei kleine rote Knöpfe hatte. Er drückte die Knöpfe nacheinander und warf sie brüllend nach den hiesigen Partisanen. Kiron weitete seine Augen. Er hatte einen Verdacht. „In Deckung, das ist bestimmt eine Granate!" rief er den Männern warnend zu. Die dunkelblaue Kugel rollte fast drei Meter weit an Sally vorbei. Ein dröhnender Knall folgte. Es wurde furchtbar grell vor ihren Augen. Die kleine Kugel schlug wie ein gewaltiger Blitz krachend zwischen ihnen ein. Eine riesige Rauchwolke breitete sich aus und behinderte ihre Sicht. „Hilfe!' schrie jemand. Kiron erschrak, es war Sallys Stimme. Für einen Moment konnte er kaum etwas sehen. Lanzo musste krampfhaft husten. Den ehemaligen Sportlehrer zerriss es in unzählige Einzelteile, die brennend auf der Straße lagen. Als Lanzo wieder mehr erkennen konnte, rannte er los und schnappte sich das lange Gewehr, das der unerbittliche Rebellenführer zuvor fallen ließ, als er von der tödlichen Wucht der Detonation zerrissen wurde. Mit beiden Gewehren in den Händen rannte er trotz des schweren Gewichts energisch los und verfolgte fieberhaft den schwarzen Ritter. Während er rannte feuerte er zahlreiche Schüsse ab. Die ersten vier Lasergeschosse verfehlten den verhassten Feind. Doch der schwarze Ritter wollte nur seine Flucht vortäuschen. Er blieb schlagartig stehen, drehte sich wieder um und griff dabei nach seiner Wurfwaffe, die wie ein Bumerang geformt war.

Kiron beugte sich auf beiden Knien zu Sally und drückte
kameradschaftlich seine rechte Hand. Sally schrie nicht mehr. Auch
wenn er fürchterliche Schmerzen hatte. Es hatte ihm den kompletten
Unterleib weggerissen. Seine Eingeweide quollen hervor und klebten
auf dem Asphalt. Eine Träne lief Kiron die Wange herab.
Sally schwieg und nickte ihm nur noch innig zu, so als ob er sich für
die langjährige Freundschaft und Treue wortlos bedanken wollte.
Er schloss langsam die Augen und sein Kopf kippte zur Seite.
Kiron blieb hartnäckig. Er zitterte vor Wut. Er schnappte sich das
Gewehr, das neben seinem toten Freund lag und richtete sich
umgehend auf. Der gewaltige Rauch war fast verflogen.
Er konnte nun sehen, wie etwa 30 Meter vor ihm Lanzo rückwärts auf
den Asphalt stürzte – und zwar in dem Augenblick, als der leuchtende
Bumerang nach dem zweiten Wurf beide Gewehre halbiert hatte, die
glühend auf dem Boden landeten. Lanzo hatte Glück, dass dabei sein
Körper nicht getroffen wurde, da er die Gewehre zuvor schützend und
dicht beieinander vor sich hielt. Die beiden Gefährten des toten
Rebellenführers nahmen den schwarzen Ritter wieder unter Beschuss.
Unzähligen Funken tanzten und knirschten auf dessen Panzerung.
Er hatte wenige ungeschützte Stellen am Rücken, wie auch an den
Kniekehlen und den Seiten am Rumpf, doch er verbarg seine
verwundbare Rückseite vor ihnen und kämpfte deshalb frontal.
Er drehte sich zweimal um die eigene Achse und schleuderte den
Bumerang frontal in die Menge. Ein schwacher Schweif war kurz
sichtbar. Lanzo duckte sich augenblicklich, nur knapp verfehlte ihn

66

der tödliche Bumerang. Einen Wimpernschlag später traf es den Gefährten des einstigen Sportlehrers, der etliche Meter hinter Lanzo stand. Sein Gewehr flog drehend durch die Luft und knallte auf die Straße. Es folgte ein kurzer Aufschrei, der jedoch direkt stoppte, so als ob man ihm die Stimmbänder plötzlich durchtrennt hätte.

Der Bumerang flog haarscharf an Lanzo's Kopf vorbei und landete wieder behutsam in der rechten Hand des schwarzen Ritters.

Der Bumerang halbierte den Körper des Partisans, sein Unterkörper lag zuckend neben ihm. Seine Augen waren verschlossen, er starb sofort, doch seine Unterbeine zuckten und die Fersen schlugen noch etliche Male dabei auf die Straße. Kiron ließ sich von diesem schauerlichen Anblick nicht abschrecken. Er sprang ohne Vorwarnung auf Lanzo's Schulter, um einen kurzen Augenblick später mit einem beherzten, weiten Sprung auf den schwarzen Ritter zu landen.

Das Gewehr, das einst Sally gehörte, hatte ein messerscharfes Bajonett unterhalb des Laufes anmontiert, das nach dem Blut des Feindes dürstete. Der schwarze Ritter knallte auf den Rücken, seine Zähne brachen. Kiron stand über ihm, seine wütenden Augen waren dabei geweitet. Das Bajonett zerbrach knackend dessen Zähne und bohrte sich dabei bis durch den Hinterkopf. Doch durch die Hinterseite des titanischen Helmes verklemmte sich die anmontierte Stichwaffe. Kiron zog das Bajonett wieder ruckartig aus ihm heraus, worauf Blut auf den Asphalt spritzte. Der schwarze Ritter röchelte und würgte sein eigenes Blut. Unfassbar, der Gigant war immer noch am Leben.

Er fasste sich mit der rechten Hand an den bluttriefenden Unterkiefer und wollte sich halbwegs aufrichten. Doch Kiron trat ihm mit voller Wucht an den Helm, an der Stelle, wo seine Stirn geschützt wurde. Trotz des schweren, festen Materials kippte er zurück und schlug mit dem Hinterkopf am Boden auf. Kiron blickte ihn perplex an und ging einen Schritt zurück. Eine Gegenwehr war kaum noch zu erwarten. Mit seiner letzten Kraft griff der schwarze Ritter nach dem Bumerang und versuchte sich dabei stöhnend aufzurichten, doch sein Körper erschlaffte nun endgültig und er fiel wieder zurück. Er war tot.
Lanzo kam rasch angelaufen und beäugte mit wütender Miene die Leiche des Hünen. Lanzo bespuckte ihn mit feindseliger Miene.
„Sally war ein guter Mann, es tut mir leid, Kiron" flüsterte er ihm zu.
„Wir haben keine Zeit, lass uns besser schnell nach den jugendlichen Deserteuren schauen" erwiderte Kiron besorgt.
Der übrige Gefährte des toten Sportlehrers nickte zustimmend und folgte ihnen geschwind. Doch von ihnen fehlte jede Spur.
„Diese nichtsnutzigen Hasenfüße! Die haben sich anscheinend wieder aus dem Staub gemacht" sprach der Partisan verärgert.
Kiron blickte auf die Straße und schüttelte den Kopf.
„Nein…sie wurden entführt" entgegnete er.
„Und wir waren so sehr abgelenkt, dass wir es nicht bemerkten…wir wurden vermutlich vorher schon beobachtet" fügte Lanzo hinzu.
Am Boden erstreckte sich eine lange Blutspur, die darauf schließen ließ, dass zumindest einer von ihnen verletzt oder gar umgebracht wurde. An dieser Stelle war zuvor kein Blut.

Sie stammte ohne Zweifel von ihnen. Sally hatte den drei armen
Burschen zuvor den Rucksack zugeworfen, bevor er sich dem
schwarzen Ritter stellte. Er hatte nichts dagegen, dass sie sich daran
bedienten. Der Rucksack lag zerrissen auf der Straße, etliche
Joghurtbecher waren aufgeplatzt und lagen verteilt am Boden.
Lanzo hatte einen bestürzten Blick. Die Mimik von Kiron blieb hart
und mürrisch. Sie verließen diesen schrecklichen Ort.
Nach drei Kilometern Fußmarsch erblickte Lanzo eine Mauer, die mit
hellgrüner Farbe besprüht wurde. Es waren nicht irgendwelche
modernen Graffitis, die für Großstädte üblich waren.
„Wir sind die verlorenen Seelen von Neo City" stand dort deutlich
lesbar. Womöglich das Werk von jugendlichen Bewohnern.
Es dauerte noch eine knappe Stunde, bis sie endlich den
unterirdischen Unterschlupf erreichten. Bis dahin wurden sie nicht
mehr attackiert – aber sie fühlten sich weiterhin beobachtet. Kiron
trällerte in eine metallische Trillerpfeife, die er an seinem Hals trug.
Die unscheinbare Falltür öffnete sich einen kurzen Moment später
langsam und lautlos. Sie erblickten das verlebte Gesicht eines
grauhaarigen Widerstandskämpfers, der ein schwarzes Stirnband trug.
Er nickte den Ankömmlingen wortlos zu. Sie stiegen die metallische
Leiter herab in die Tiefe. Die Falltür wurde wieder von innen
verriegelt. Sie durchquerten mehrere Gänge.
Lanzo sah sich neugierig um und erblickte verwundete Partisanen.
An einer Wand hockte ein junger Freiheitskämpfer, der sich offenbar
im Halbschlaf befand. Er trug einen blutbefleckten Kopfverband

und hatte hohle Wangen. Viele waren sichtlich erschöpft. Manche hatten so schwere Wunden, dass sie vor Schmerzen stöhnten. Lanzo war beim Anblick der verwundeten Kämpfer teilweise entsetzt. Prüfende, teils neugierige Blicke trafen Lanzo, als er die beleuchteten Gänge durchquerte. Doch es gab auch noch jene, denen es relativ gut ging. Man hörte das Klirren mehrere Biergläser, kurz darauf erscholl ein tiefes Lachen von mehreren Männern. Sie stießen ihre Gläser synchron aneinander und hoben sie danach grölend in die Höhe. „Auf den Untergang!" rief ein betrunkener Partisan und nippte danach so gierig und hastig an seinem Glas, so als ob es der letzte Schluck seines Lebens wäre. Lanzo fand dies irgendwie bedrückend. Er konnte damit nicht so locker umgehen. Schwermütig blickte er auf den aschgrauen Boden, als er langsam weiter lief. „Lanzo!" rief plötzlich eine junge Männerstimme. Er horchte auf. Er drehte sich langsam um und bemerkte seinen Cousin Kimbo, der lächelnd auf ihn zulief. Lanzo konnte seine kurze Freude nicht verbergen. Sein gebrochenes Nasenbein war provisorisch bandagiert. Ihm wurde ja zuvor mitgeteilt, dass Kimbo verletzt wurde. Sie umarmten sich nicht, aber sie lehnten Stirn an Stirn und drückten sich dabei die Hände. Kiron grübelte. Er wusste nicht, ob es vielleicht wirklich besser war, dass sich seine Kinder, Kira und Taskan, nicht mehr in der demolierten Metropole aufhielten, sondern in den finsteren Nadelwäldern Zuflucht suchten. Kiron ließ sich auf eine Sitzbank fallen und faltete seine Hände am Tisch. Er verlangte ein Glas Bier. Er befand sich zwar nicht in einer Kneipe, doch an Alkohol mangelte es

hier unten offenbar nicht. Der Gedanke an die ungewisse Zukunft
zermürbte ihn allmählich. Er bemerkte ein Gespräch zwischen einem
Mann mittleren Alters und einer jungen Krankenschwester, die sich
für einen Moment eine Pause gönnte. Die dunkelhaarige
Krankenschwester hörte dem Mann aufmerksam zu, dessen rechter
Arm eingegipst war, was auf eine Fraktur schließen ließ. Sie
spekulierten offenbar über die Absichten des Feindes, der sie alle auf
eine immense Zerreißprobe stellte.
„Ich denke sie betrachten die Galaxie als ihr Eigentum und vertreiben
deshalb andere Völker oder vernichten sie sogar gänzlich, um ihre
eigene Existenz zu sichern. Es ist eine faschistische
Schreckensherrschaft, dessen bedrohlicher Schatten in der Galaxis
immer weiter expandiert" sprach er mit leiser Stimme.
Die Krankenschwester nickte stumm. Kiron nahm sein kaltes Bierglas
entgegen und bedankte sich. Er hatte seinen Partner Sally verloren.
Es belastete ihn, doch er ließ sich seinen Schock nicht anmerken.
Dennoch wollte er sich deshalb nicht betrinken. Dass es in den
unterirdischen Schutzbunkern an manchen Stellen zeitweise ein
exzessives Saufgelage gab, konnte er nicht gutheißen. Doch er konnte
es nachvollziehen, da die fatale Lage für manche inzwischen
aussichtslos war. Sollte es ihnen demnächst gelingen, die Invasoren zu
vertreiben oder gar ihre entsandte Flotte zu vernichten, würden
garantiert neue Verbände dieses sogenannten Imperiums nachrücken.
Sie waren wie eine Hydra. Früher oder später war der Untergang von
Kanzuma unausweichlich. Manche hatten sich damit vermutlich schon

abgefunden. Kiron nippte an seinem Bierglas und starrte geistesabwesend an die gegenüberliegende Wand.
Er versank für eine Weile in seinen Gedanken. Er tastete kurz an sein Amulett am Hals, in dem sich sein kleines Familienfoto befand.
Plötzlich hockte sich ihm ein Mann gegenüber. Kiron bemerkte ihn, würdigte ihn jedoch anfangs keines Blickes. Es war der Partisan, der zuvor ein Gefolgsmann des toten Sportlehrers war.
„Das haben diese drei fahnenflüchtigen Burschen nun davon. Sie hätten besser bei uns bleiben sollen, dann hätten sie noch eine Chance gehabt. Nun aber sind sie wie vom Erdboden verschluckt. Sie kauern garantiert schon in einem trostlosen Verlies in irgendeinem Raumschiff des Feindes. Sie werden Kanzuma nie wieder sehen‘‘ sprach er mit missgelaunter Mimik. Kiron verschwieg seinen Gedanken, dass von Kanzuma bald sowieso nicht mehr viel übrig blieb. Er hatte Zweifel an einer erfolgreichen Abwehr.
„Also ich wäre lieber im Kampf gefallen anstatt bis ans Lebensende in deren Knechtschaft zu leben‘‘ fügte der Partisan hinzu, der einen dichten Vollbart hatte und einen ledernes Armband trug.
Kiron baute langsam Blickkontakt auf und nahm den letzten Schluck seines Bieres. Langsam stellte er das leere Glas ab und schob es beiseite. Er lehnte sich zurück an die kalte Wand.
„Diese Burschen fürchteten den Tod, dementsprechend haben sie agiert‘‘ meinte er dazu. Sein Gegenüber nickte leicht.
„Sie hatten zuvor ihre Eltern verloren, dementsprechend hatten wir höhere Erwartungen, was ihre Kampfmoral betraf‘‘ erklärte der

bärtige Freiheitskämpfer hinsichtlich der drei verschollenen Burschen.
Kiron konnte seinen Hass verbergen, der tief in ihm brodelte.
Er versuchte neutral zu wirken. Er hatte schließlich auch genug
Gründe, die mysteriösen Invasoren zu bekämpfen.
Zuvor führte er ein angenehmes Leben mit seiner Familie.
Auf einen Schlag hatte er beinahe alles verloren.
Sein Einkaufszentrum lag in Schutt und Asche.
Seine Frau starb während der Bombardierung. Alles, was ihm blieb,
war die Hoffnung, dass Taskan und Kira dieses unberechenbare Chaos
überlebten. Es brachte rein gar nichts, der schönen alten Zeit
nachzutrauern, was Kiron auch niemals tat. Er wusste, dass diese
friedliche Zeit niemals wiederkehrte und ihr Planet nun die finsterste
Epoche durchmachte, die jeder akzeptieren musste. Er konnte viel
einstecken, doch alles hatte seine Grenzen. Den Frieden, den sie einst
kannten, gab es nicht mehr. Nun musste er alles geben, um dem Feind
trotzen zu können. Er legte sich für wenige Stunden schlafen, um
danach erneut die gefahrvolle Oberfläche zu betreten – diesmal erneut
im Alleingang. Er stärkte sich zuvor mit einer warmen Mahlzeit.
So entschied er sich, am späten Abend, als es schon stockfinster war
und das blasse Mondlicht durch die farblosen Ruinen sickerte,
abermals die gottverlassenen Überreste von Neo City zu durchqueren
– mit tiefster Ehrfurcht im Herzen und mulmigem Gefühl im Bauch.
Eine Begleitung hatte er diesmal abgelehnt. Er wollte nicht länger
andere Menschen mit seinen tollkühnen Eskapaden gefährden. Die
Umgebung, die zu Neo City zählte, hatte eine beträchtliche Fläche.

Bisher hatte er noch nicht alles erkundet. Nach einem Fußmarsch von etwa vier Kilometern, wobei er es vermied, von kleineren Flugdrohnen oder größeren Aufklärungsschiffen gesichtet zu werden, konnte er eine interessante Entdeckung machen. Er runzelte die Stirn. Kiron entdeckte an den brüchigen Wänden mancher Ruinen seltsame Spinnweben, die jedoch eine enorme Größe aufwiesen. Er folgte diesen auffälligen Spuren, die an manchen Stellen verteilt waren. Sich abermals an der Oberfläche aufzuhalten, um verschollene Zivilisten aufzuspüren und diese zu retten, blieb weiterhin ein riskantes Unterfangen, was er jedoch als seine Pflicht ansah. Nämlich Denjenigen zu helfen, die nicht so tatkräftig wie er agieren konnten oder dazu nicht mehr in der Lage waren, da sie in der Klemme steckten. Die dubiosen Spinnweben funkelten im nächtlichen Sternenlicht in einer silbernen Farbe. Vorsichtig berührte er diese und bemerkte dabei zu seinem Erstaunen, dass sie fest und eiskalt wie Stahl waren – dennoch war das Gewebe einigermaßen elastisch. Er lief langsam weiter. Nach wenigen Minuten entdeckte er einen reglosen Mann, der durch diese stählernen Fasern an einer Wand fixiert war. Langsam und vorsichtig näherte er sich ihm. Dessen schmales Gesicht war komplett eingestaubt und schimmerte im Schein des Mondlichtes in einer aschgrauen Farbe. Plötzlich riss der junge Mann seine Augen auf und zitterte schnaufend am ganzen Körper, als Kiron ihm mit geringem Abstand gegenüberstand. Kiron lauschte achtsam seinen leisen Worten.

„Verschwinden sie von hier, es ist hier…" flüsterte der Mann mit
angsterfüllten Augen. Kiron blickte ihn perplex an.
Eigentlich wollte er ihn befreien und mitnehmen.
Er zückte lautlos seinen Dolch und näherte sich den zähen
Spinnweben, die den gefangenen Mann bis zu den Schultern
umspannten. Der fixierte Mann schüttelte hektisch den Kopf.
„Es ist hier…" wiederholte der gepeinigte Bewohner erneut.
Kiron wollte sich beeilen, was auch immer er damit meinte.
Doch als er die glitzernden Fasern durchschneiden wollte, zerbrach
augenblicklich seine Klinge, die in zwei Hälften klirrend auf die
Straße fiel. Der Mann konnte nur noch seinen Kopf bewegen.
„An ihrer Stelle würde ich sofort das Weite suchen!" sprach er
diesmal mit lauterer Stimme. Kiron griff rasch nach seinem Gewehr,
drehte sich um und blickte argwöhnisch nach oben in den
unberechenbaren Nachthimmel. Er vernahm plötzlich eine
mechanische Stimme, die blechern und elektronisch klang. Er horchte
auf und umspannte seine Schusswaffe. Es waren wenige Wortfetzen,
die er nicht verstehen konnte. Sein Puls raste bei dem Anblick, der
sich ihm einen kurzen Augenblick später bot. Zwischen zwei
Wolkenkratzern, die halbwegs zertrümmert waren, kletterte etwas
herab und näherte sich ihnen raschelnd. Es kratzte an den Wänden und
Putz rieselte dadurch nach unten. Der junge Mann weinte vor Angst.
Kiron war für einen Augenblick sprachlos. Es sah aus wie eine
gigantische Spinne, jedoch war es kein Lebewesen aus Fleisch und
Blut. Es glänzte im fahlen Mondlicht ebenso wie die stählernen Fäden

in einer silbergrauen Farbe, lediglich die zahlreichen Beine waren an den unteren Seiten in einer violetten Farbe lackiert. Als es nur noch zehn Meter über ihnen war, stoppte es seine raschelnden Schritte. Auf der Vorderseite des mechanischen Rumpfes befand sich ein eckiges Auge, das in einer blauen Farbe intensiv leuchtete und die beiden Männer gespenstisch anstierte. Oberhalb des glühenden Auges befanden sich zwei massive Kanonen, die mit einem brummenden Klang Kiron synchron anvisierten. In seiner Panik stemmte sich der Mann gegen die Fäden, wobei diese sich langsam in sein Fleisch bohrten. Sein Blut lief die Beine herab und tropfte auf die kalte Straße. Je mehr er sich dagegen stemmte, desto mehr hatte er das Gefühl, dass die Fasern ihn enger einschnürten und ihm den Atem raubten. Er hatte bereits mit seinem Dasein abgeschlossen und Kiron zuvor gewarnt.
„Verschwinde endlich, du Idiot!" schrie er aus voller Kehle.
Er konnte ihn nicht retten, dies wurde im klar. Das stählerne Gewebe verhinderte dies. Kiron bekam eine harte Miene und zielte auf das eckige Auge. Er gab einen Schuss ab, der zwar das leuchtende Auge traf, jedoch keinen Schaden anrichten konnte. Grelle Funken flogen kreuz und quer durch die Gegend. Als Antwort darauf schoss die Doppelkanone leuchtende Strahlen ab, die Kiron jedoch verfehlten, da er bereits um sein Leben rannte. Die Straße brannte dadurch lichterloh, als die Strahlen sich dort entlang bohrten, die eine enorme Hitze im Umkreis von fünf Metern verursachten. Die mechanische Spinne löste sich von den Wänden und ließ sich auf den Boden fallen, worauf alles für einen kurzen Augenblick wackelte.

„Bringe es endlich hinter dich, du verdammtes Monster!" brüllte der junge Mann mit geweiteten Augen. Seine Furcht schien zu schwinden. Er hatte es offenbar satt, in dieser unbehaglichen Position gefangen zu sein. Wer weiß, wie lange er dort schon so ausharren musste. Als Kiron sich bereits 100 Meter vom Geschehen entfernt hatte, hörte er ein qualvolles Schreien, das die kühle Nacht erfüllte und durch die Straßen schallte. Anscheinend hatte das titanische Ungetüm sein Opfer mit der Strahlenkanone abgefackelt. Der junge Mann stand von Kopf bis Fuß in Flammen und schüttelte sich hektisch. Seine Schreie stoppten, als nur noch ein verbranntes Skelett übrigblieb, dessen Unterkiefer sich löste und auf den Boden fiel. Kiron stoppte nach 200 Metern und versteckte sich kauernd hinter einer bunten Litfaßsäule. Er wollte für einen Moment abwarten, ob das mechanische Monstrum ihn eventuell verfolgte. Die Riesenspinne schritt langsam weiter. Die seltsame mechanische Stimme hörte er dabei nicht mehr, die zweifelsohne von ihr stammte. Es war eine fremdartige Technologie, die man nicht verstehen konnte. Eine kurze Weile später hörte Kiron die raschelnden Schritte, die immer näher rückten. Er hörte wieder das surrende Brummen der bedrohlichen Zwillingskanonen. Offenbar wurde er entdeckt. Er erinnerte sich an den zyklopischen Giganten, der ebenfalls eine Konstruktion des Feindes war. Sie ließen ihre gesamte Brut auf Neo City los, dachte sich Kiron verbittert. Er bekam einen grimmigen Blick und spuckte auf die Straße. Die Bewaffnung, die der hiesigen Widerstandsbewegung zur Verfügung stand, entstammte lediglich dem Arsenal der einstigen Sicherheitspolizei.

Es war bedauerlich, dass sie niemals ein richtiges Militär aufgebaut geschweige denn strukturiert hatten. Man konnte eben nicht über den Tellerrand hinaus blicken und wollte es niemals wahrhaben, dass sie eben doch nicht allein in der Galaxis waren. Sie kannten nur sich und ihre Welt, womöglich dachten auch viele von ihnen, dass es woanders kein intelligentes Leben gab. Einem glücklichen Umstand verdankten sie, dass sich prächtiges Leben auf ihrem Planeten entwickeln konnte und ihre Heimat niemals von fatalen Umweltkatastrophen heimgesucht wurde. Sie kannten weder Tornados noch Erdbeben. Doch die mysteriösen Invasoren waren weitaus schlimmer als irgendwelche Naturkatastrophen – denn nichts war schlimmer als der tobende Krieg. Er wurde das Gefühl nicht los, dass diese grausamen Teufel Spaß daran hatten und seine Heimat als spontanes Testgebiet benutzten, um zu prüfen, wie die Bewohner durch ihre brachialen Aktionen reagierten. Ob sie sich freiwillig ergaben oder folglich zur Wehr setzten. Oder vielleicht wollten sie einfach nur ihre neuen Waffen an ihnen testen. Hatten sie es denn nötig, andere Völker auszuplündern und sich an deren Bodenschätzen und Ressourcen zu bereichern? Vielleicht hatten sie dies gar nicht nötig und waren reich genug, was deren eigene Heimat betraf – womöglich hatten sie völlig andere Absichten. Kiron schüttelte heftig seinen Kopf und verbannte diese Gedanken und unbeantworteten Fragen aus seinem Bewusstsein. Sich darüber den Kopf zu zerbrechen war momentan nicht Sinn der Sache. Niemand konnte diesen gewaltigen Überfall nachvollziehen.

Doch der alte Hellseher erwähnte bereits, dass es sich um eine boshafte Spezies handelte, die nichts anderes außer ihren Militarismus kannte und damit das Universum drangsalierte. Kiron lehnte sich an die Litfaßsäule und wusste nicht so recht, ob dies vorübergehend das richtige Versteck war. Er war verblüfft, als die Laserstrahlen nach einer halben Minute die halbe Litfaßsäule zerbröckelten. Etliche Bruchstücke lagen glühend am Boden. Er rannte sofort weiter und bemerkte kurz darauf ein zischendes Geräusch, als ein stählernes Fangnetz abgeschossen wurde. Er warf sich auf den Boden, um Haaresbreite verfehlte ihn das Fangnetz und knallte schwungvoll an eine gegenüberliegende Hauswand. Dort hatte es sich ausgebreitet und umspannte eine Fläche, die groß genug war, um seinen Körper darin zu fixieren. Er sprang vom Boden auf und bemerkte plötzlich einen dumpfen Aufprall, auf dem direkt danach ein kurzes Ächzen folgte. Er drehte sich um und war fassungslos. Ein halbwüchsiger Bursche sprang zuvor aus dem offenen Fenster eines ausgebrannten Hauses und landete mit dem Vorderkörper unsanft auf dem Rücken der mechanischen Spinne. Er zerriss ein Klebeband mit seinen Zähnen und befestigte daran einen kleinen Sprengkörper, der einer Dynamitstange ähnelte. Mit einem winzigen Feuerzeug knipste er mehrfach an der Spitze der Zündschnur, die höchstens 15cm lang war. Er kroch vorwärts und befestigte den zähen Klebestreifen samt dem Sprengkörper an das eckige Auge des Ungetüms.

Er rollte sich seitwärts ab, als die Zündschnur endlich Feuer fing und fiel auf die Straße, wo er in einer kalten Regenpfütze weiter rollte. Er hielt sich anschließend die Ohren zu, als er auf dem Bauch lag. Kiron lief etliche Schritte rückwärts, als das titanische Monstrum auf ihn zusteuerte und die massiven Kanonen oberhalb des Auges wieder bedrohlich glühten. Die Zündschnur war nach wenigen Sekunden abgebrannt. Kiron ging in Deckung. Es folgte ein scheppernder Knall, als es den Sprengkörper in hunderte Partikel zerriss. Unzählige Funken flogen kreuz und quer durch die Gegend. Das eckige Auge der Spinne war nicht mehr zu sehen, stattdessen loderte eine enorme Stichflamme an dieser Stelle. Das Auge war zersplittert. Kiron war erleichtert, als die riesige Spinne noch wenige Meter weiter stapfte und danach endgültig zusammenbrach. Sie wurde mit provisorischen Mitteln aufgehalten. Kiron war beeindruckt. Dem fremden Burschen hatte er sein Leben zu verdanken. Der Junge richtete sich vom Boden auf. Er war schweißgebadet, Kiron ebenso. Der Bursche trug ein gelbes, ärmelloses Unterhemd und eine schwarze Stoffhose, die durch die große Regenpfütze durchnässt war. Er richtete sein rotes Stirnband, das sich im Kampf gelockert hatte und würdigte Kiron keines Blickes. Langsam lief er weiter. Kiron lief ihm nach. Er wollte sich für sein plötzliches Einschreiten bedanken. Kiron lächelte, als er bei ihm ankam und legte die Hand auf dessen Schulter.

„Das war sehr mutig von dir, kleiner. Vielen Dank‘‘ sprach Kiron. Plötzlich drehte sich der Bursche um und verpasste ihm einen wuchtigen Schlag mitten ins Gesicht. Er blickte Kiron genervt an.

„Es war nicht für dich! Lass mich besser in Ruhe, du Wichser!" sagte er ihm und rannte danach davon. Der Junge war aufgewühlt und ebenso wie Kiron ein spartanischer Einzelkämpfer. Kiron konnte dieses Verhalten nachvollziehen. Er nahm es ihm nicht übel. Viele waren aufgrund der furchtbaren Situation mit ihrem Nerven am Ende oder einfach nur überfordert. In ihrer Wohlstandsgesellschaft gab es Branchen, in denen man nur fünf Stunden täglich arbeiten musste – trotzdem waren die Gehälter absolut ausreichend. Ein besseres Leben konnte man nicht führen. Niemand musste für einen dürftigen Hungerlohn rund um die Uhr schuften oder im Winter in der Gosse erfrieren. Massenarmut und Obdachlosigkeit kannte man dort nicht. Niemand durfte sich beschweren. Alles war so gleichmäßig verteilt, dass man schließlich eine goldene Mitte fand, denn kaum jemand trachtete nach materiellem Luxus. Doch dieses Glück wurde schlagartig vernichtet. Nicht durch eine verheerende Umweltkatastrophe. Nicht durch Meteoriteneinschläge oder riesigen Flutwellen, sondern durch die rigorose Intervention einer finsteren Armee, aus deren Würgegriff es offenbar kein Entrinnen gab. Kiron drückte dem mutigen Burschen die Daumen. Ihre Wege kreuzten sich für einen kurzen Moment, doch danach entschied sich der wagemutige Jüngling für den Alleingang. Auch dieser Bursche hatte seine eigenen Gründe, den Invasor zu bekämpfen. Kurz zuvor entdeckte Kiron einen jungen Mann, der durch dieses mechanische Ungetüm ums Leben kam. Womöglich war das ein Freund dieses Burschen, vermutete er.

In einer Ecke, in der Nähe zum Eingang der unterirdischen Kantine, schien ein halbwüchsiger Bursche für einen Moment die Fassung zu verlieren. Offenbar weinte er vor Wut. Er trug ein graues Stirnband, das von seinem dunkelblonden Haar fast überdeckt wurde.
„Das kann sich keine andere Welt vorstellen! Was wir hier mitmachen und leiden müssen! '' sprach er mit lauter Stimme.
Plötzlich sprang ihm sein gleichaltriger Kamerad an die Kehle und drückte ihn grob an die nächste Wand. Er blickte ihn mit wütender Miene an, packte ihn am Kragen und schüttelte ihn durch.
„Erzähle doch keinen Unsinn! Wir sind garantiert nicht die erste und einzige Welt, die sie angreifen! Reiß dich gefälligst zusammen, du Warmduscher! Dein Gejammer will keiner hören'' sprach er genervt.
Lanzo und Kimbo hockten sich an einem Tisch gegenüber und unterhielten sich. Sie bekamen das kurze Dilemma zwischen den beiden Burschen mit. Sie hingegen versuchten Ruhe zu bewahren.
Lanzo blickte kurz zu ihnen rüber.
„Hier scheinen viele einen im Tee zu haben'' murmelte er leise, als er sich neugierig umblickte.
„Die Menschen sind einfach nur verzweifelt'' erwiderte Kimbo.
„Wir sind noch nicht lange hier, die hingegen sind hier aufgewachsen und mussten mit ansehen, wie sich ihre Stadt in ein Trümmerfeld verwandelt'' fügte Kimbo hinzu.

Mittlerweile durchzog ein dichter Nebelschleier die verwüsteten Straßen von Neo City, als ein prächtiges Sternenmeer am Nachthimmel sichtbar funkelte. Wie ein endloses Leichentuch bedeckte der dunstige Nebelschleier zeitweise die Straßen der demolierten Metropole. Der pfeifende Wind hatte Zeitungspapier aufgewirbelt, das an manchen Stellen knisternd durch die Gegend flog. Als der feuchtkalte Nebel sich nach einer Stunde langsam lichtete, griff Kiron nach seinem Fernglas und näherte sich langsam einem demolierten Fenster. Zuvor hatte er eine Pause eingelegt und aß drei kleine Kekse, die er noch bei sich hatte.

Die farblosen Kekse waren mittlerweile knochenhart, ihm war auch der fade Geschmack völlig egal, denn er brauchte zwischendurch etwas Nervennahrung, sobald er unterwegs war.

Kiron hockte momentan in einer halben Ruine und blickte mit dem Fernglas aus dem kaputten Fenster, das sich im dritten Stockwerk befand. Die nächste Katastrophe bahnte sich an. Bis zu 30 Partisanen unterschiedlichen Alters schlichen langsam durch die Straße und umspannten ihre Schusswaffen. Es verlief alles sehr schnell.

Er hörte ein Rauschen, das jede Sekunde lauter wurde und darauf hindeutete, dass sich ihnen etwas aus der Luft näherte. Ein kleiner Mann deutete mit dem Zeigefinger gen Himmel und schrie dabei eine missverständliche Bemerkung. Kiron warf sich auf den Boden.

Ein feindlicher Flieger mit einer rabenschwarzen Lackierung stürzte sich für einen Augenblick wie ein wilder Greifvogel in die Tiefe, dessen Flügel eine imposante Spannweite hatte.

Als er für den Bruchteil einer Sekunde nur noch 18 Meter über ihnen war, warf er dabei eine schwere Bombe ab, die an der Unterseite in einer blauen Farbe leuchtend pulsierte und eine Länge von 150 Zentimetern hatte. Sie war wie eine Zigarre geformt und rauschte ebenfalls in einer bedrohlichen Lautstärke, als sie in die Tiefe fiel. Man hörte einen kurzen panischen Aufschrei, der jedoch zwei Sekunden später abrupt stoppte. Es krachte heftig und die Straßen wackelten. Der feindliche Flieger war mit enormer Geschwindigkeit längst verschwunden. Für einen Augenblick regnete es unzählige Gliedmaßen, die verstreut auf der Straße landeten.
Die halbe Straße brannte lichterloh. Dunkler Qualm breitete sich aus. Die Fliegerbombe hinterließ einen rauchenden Krater.
Die Ansammlung dieser Männer wurde zuvor aufgespürt.
Nur noch eine Person war am Leben – aber dem Tode nahe.
Kiron war bestürzt, als er sich vom Fußboden aufrichtete und wieder durch sein Fernglas blickte. Aus seiner friedliebenden Weltstadt wurde eine abgrundtiefe Hölle, die vor allem in der eisigen Nacht ihre grässliche Fratze zeigte. Der Partisan lag zuckend und ächzend in seiner eigenen Blutlache. Dies wurde sichtbar, als der Qualm nachließ.
„Ihr verdammten Dreckschweine!" schallte es plötzlich durch die finsteren Straßen. Zwei Laternen blinkten noch schwach. Es waren die einzigen halbwegs intakten Laternen im Umkreis von 200 Metern.
Kiron bewegte langsam seinen Kopf und ließ seinen Blick weiter durch die Umgebung schweifen. Er erblickte nun bis zu vier Widerstandskämpfer, die sich mit schnellen Schritten dem

qualmenden Krater näherten, in dem einen kurzen Moment zuvor zahlreiche Männer ums Leben kamen. Ein drahtiger Mann mit dunklem Haar bemerkte den einzigen Überlebenden, den er sofort von seinen Qualen erlösen wollte. Der todgeweihte Partisan gurgelte sein Blut und krächzte unverständliche Wortfetzen.

„Es tut mir leid, mein Freund" flüsterte der schlanke Freiheitskämpfer und drückte ihm den Lauf seiner Handfeuerwaffe an die Stirn. Er gab ihm den notwendigen Gnadenstoß. Sie blickten sich misstrauisch um.

„Melde dem Rädelsführer, dass wir soeben unsere Pioniere durch eine gezielte Fliegerbombe verloren haben" befahl der dunkelhaarige Partisan, der dem schwerverwundeten Mann den Gnadenschuss zuvor verpasste. Kiron entfernte sich vom Fenster und lehnte sich an die Zimmerwand. Hätte er dem Gefasel des alten Hellsehers im Radio zuvor Glauben geschenkt, hätte dies trotzdem an der Situation nichts verändert. Man hätte den Überfall trotzdem nicht verhindern können. Kiron stieß einen Seufzer aus und fuhr sich mit den Händen durch das Gesicht. Er durfte nicht nachgeben. Er musste hart bleiben. Er richtete sich umgehend vom Boden auf und verließ das beschädigte Gebäude. Kiron lief weiter, er blickte missmutig und betrübt zur Kneipe, als er sich bereits 600 Meter vom Krater entfernt hatte.

Die ehemalige Kneipe war ausgebrannt, die mit Neonfarben beleuchtete Aufschrift vollständig erloschen. Dies war einst ein wöchentlicher Treffpunkt für ihn und seine Kollegen.

Der Strom in Neo City war fast komplett ausgefallen.

Nur in dem unterirdischen Trakt, der den Bewohnern Schutz gewähren sollte, gab es noch genug Elektrizität, die vor allem für die Krankenstationen unentbehrlich war. Kiron betrat langsam die Kneipe. Er erschrak sich kurz, als er die Leiche des Barkeepers entdeckte. Er lag zusammengekrümmt in einer Ecke hinter dem Tresen. Er war bis zur Unkenntlichkeit verbrannt. Doch Kiron hatte keinen Zweifel daran, dass es die Leiche des Barkeepers war. Er wehrte sich gegen das Verlangen, sich dort irgendwelche alkoholischen Getränke abzuzapfen. Alkohol würde die prekäre Lage auch nicht bessern, sagte er sich. Er erinnerte sich an friedliche Abende, in denen das vertraute Gesicht des Barkeepers ihn freundlich anlächelte, als er ihm das gewünschte Getränk aushändigte. Kiron war beliebt in manchen Bezirken. Nicht jeder kannte ihn. Doch diejenigen, die ihn kannten, schätzten seine Anwesenheit und mochten sein Wesen. Mit trauriger Miene beäugte er den verbrannten Leichnam des freundlichen Barkeepers. Es mussten gute Menschen sterben, die zuvor keiner Fliege etwas zu Leide taten. Die Invasoren mussten wahrhaft Herzen aus Eis haben. Doch sie alle waren wohl Handlanger und Laufburschen eines mächtigen Imperators, der für seine Ziele über Leichen ging. Oder genauer genommen fanatische Gefolgsmänner eines Tyrannen, die kein Zögern kannten, wenn sie ihre Befehle ausführen mussten. Vielleicht brannte auch schon der Südkontinent, Kiron wusste es nicht. Momentan gab es keine Nachrichten bzw. aktuelle Meldungen. Nahezu alles war kollabiert.

Plötzlich wurde Kiron aus den Gedanken gerissen, als ein stämmiger
Unterarm seine Kehle umschlang. Er weitete seine Augen.
Er hatte es zuvor nicht bemerkt, dass ein feindlicher Soldat sich dort
versteckt hielt – und er ahnte auch nicht, dass dieser sich volllaufen
ließ und die restlichen alkoholischen Vorräte aufgebraucht hatte.
Kiron wehrte sich vehement und wurde sofort wütend.
„Du hast es dir wohl gemütlich gemacht und dich betrunken, während
meine Leute da draußen geschlachtet wurden! Verdammtes
Arschloch!'' schrie Kiron wutentbrannt. Es entstand ein hektischer
Zweikampf. Kiron verpasste ihm einen Kopfstoß mit dem Hinterkopf
und traf dabei sein Gesicht. Der Soldat taumelte rückwärts an einen
Schrank, worauf etliche Gläser auf den Boden fielen und klirrend
zersplitterten. Kiron konnte sich aus dem Würgegriff befreien und
schlug beide Fäuste abwechselnd gegen seinen Kiefer. Er war außer
sich vor Wut. Sein Gegner war eindeutig alkoholisiert. Diesen Vorteil
musste er nutzen. Er holte aus und wollte nach ihm schlagen, doch
Kiron duckte sich und verpasste ihm einen Schwinger in die Seite.
Es war kein schwarzer Ritter, dennoch war er deshalb nicht weniger
bedrohlich. Der Invasor zückte blitzschnell eine Klinge, die in einer
grünen Farbe leuchtete. Zwischendurch musste er aufstoßen und
hicksen. Er taumelte vorwärts und schlug mit der Klinge mehrfach
nach Kiron. Kiron ließ zuvor sein Gewehr fallen, das drei Meter von
ihm entfernt auf dem Boden lag. Kiron wich den Hieben geschickt aus
und warf mit verschwitztem Gesicht einen flüchtigen Blick auf sein
Gewehr, das vor ihm lag. Er warf sich auf den Boden und kroch so

schnell er konnte zu seiner Waffe. Sein angetrunkener Gegner torkelte ihm hinterher und rammte die glühende Klinge in sein Unterbein, wobei er sich beugen musste. Kiron schrie für eine Sekunde und biss die Zähne zusammen. Die Klinge brannte fürchterlich. Er griff nach seinen Beinen und zog ihn zurück. Kiron drehte sich um und erblickte die leuchtende Klinge, die seinem Hals immer näher kam. Kiron griff nach dessen Unterarmen und drücke ihn von sich weg. Sein Atem roch nach Schnaps. Ihm gelang es, sich aus seinen Fängen zu lösen und ihn mit dem Bein über sich zu werfen. Der Invasor rollte etliche Meter am Boden entlang. Das Gewehr, welches Kiron gehörte, lag dicht neben ihm. Mit einer Hand ergriff der betrunkene Soldat das Gewehr und richtete es auf Kiron, der für einen Augenblick wie erstarrt vor ihm stand. Kiron rannte jedoch sofort los und trat die hölzerne Tür auf, die zur Herrentoilette führte. Der Invasor gab einen Schuss ab, dessen Strahl sich augenblicklich durch die Tür bohrte und Kiron danach an der linken Schulter traf, als er gerade Richtung Klo rannte. Er hörte seinen schmerzvollen Schrei und lächelte zufrieden. Langsam lief er der Toilette entgegen und hoffte, dass er damit Kiron einen tödlichen Treffer verpasst hatte.
Seine linke Schulter qualmte für wenige Sekunden. Es war eine tiefe Brandwunde. Zum Glück war die Tür im Weg. Der Strahl war nicht tödlich und verletzte lediglich seine Haut. Kiron verkrampfte sein Gesicht und stöhnte leise. Kiron richtete seinen Blick in die Höhe und entdeckte ein eckiges Fenster, das sich oberhalb der Toilette befand. Er musste so schnell wie möglich hindurch klettern.

Der angetrunkene Invasor lief weiter und gab dabei vier weitere
Schüsse mit dem Gewehr ab. Die Holztür fing nun Feuer, die Umrisse
der Brandlöcher glühten. Als er vor der Tür stand, trat er sie aus ihren
Angeln. Langsam lief er den schmalen Gang entlang und bemerkte,
dass Kiron nicht mehr präsent war. Langsam hob er seinen Blick in
die Höhe und sichtete das eckige Fenster, das inzwischen offenstand.
Plötzlich flog eine kleine dunkelblaue Kugel durch das offene Fenster
und rollte ihm direkt vor die Füße. Er senkte langsam den Blick. Eine
Smartbomb? Er kannte diese kleinen Sprenggeschosse.
Normalerweise gehörten sie zur regulären Ausrüstung eines
schwarzen Ritters. Der einheimische Widerstandskämpfer musste sie
wohl vorher einem schwarzen Ritter entnommen haben, den er zuvor
überwältigen konnte. Er zögerte nicht länger und rannte aus dem
schmalen Gang hinaus. Kiron hatte ihn ausgetrickst. Er hatte sich
bereits 30 Meter weit entfernt und stand an einer Hauswand. Er
lauschte dem Geschehen und wartete einfach ab. Er hatte auch noch
den Bumerang bei sich, den er einst einem schwarzen Ritter abnahm.
Eine donnernde Explosion folgte und erschütterte die Umgebung für
einen Augenblick. Die vier Partisanen, die zuvor unterwegs waren,
blieben allesamt stehen und blickten verblüfft auf die Straße, als der
besoffene Invasor aus dem Fenster der Kneipe herausflog und vor
ihren Augen auf den Asphalt knallte. Er bekam zuvor lediglich die
Druckwelle der kleinen Bombe zu spüren, da er sich rechtzeitig aus
dem Klo entfernte. Als er sich aufrichten wollte, bekam er sofort einen
Tritt an die Schläfe. Benommen klatschte er wieder auf den Boden

und kämpfte mit der Ohnmacht, als kurz darauf ein weiterer Tritt gegen die Stirn folgte, der von einem Wutschrei des Partisans begleitet wurde. Kiron entfernte sich schließlich, als er die Schüsse mehrerer Gewehre hörte. Der hagere Partisan mit dem pechschwarzen Haar meldete sich wieder zu Wort. Seine Gefährten hörten ihm aufmerksam zu. „Hier sind noch vereinzelt andere Kämpfer von uns unterwegs, die offenbar nicht dazu in der Lage sind, den Gegner richtig zu bekämpfen. Der jedoch macht keinen Ärger mehr‘‘ kommentierte er. Der Invasor lag mit ausgestreckten Gliedern auf dem Rücken, seine Brust qualmte wie eine Zigarette. Sie zogen weiter. Kiron zog sein Hosenbein hoch und betrachtete stöhnend die tiefe Stichwunde. Der Schmerz ließ langsam nach. Doch die Schusswunde an der Schulter bereitete ihm weitaus mehr Schmerzen. Selbstzweifel stiegen allmählich in ihm auf. Er konnte es nicht ausschließen, demnächst im Kampf zu fallen, da selbst ein angetrunkener Gegner ihn so zurichten konnte. Er selbst wusste ganz genau, wie sehr die Trunkenheit den Körper beeinträchtigen konnte. Bei der Menge, welche der feindliche Soldat vermutlich trank, hätte er sich selber garantiert nicht mehr auf den Beinen halten können. Diese schrecklichen Krieger konnten körperlich sehr viel einstecken und vertragen. Es waren robuste, kernige Einheiten, von denen er jedoch kaum etwas wusste. Er kannte nicht ihren Ernährungsplan und konnte auch nicht wissen, welche Ausbildung sie hinter sich hatten. Vermutlich wurden sie abgehärtet und waren aufgrund vieler Kriegsschauplätze völlig abgestumpft. Sie hatten jedenfalls allesamt ein atypisches genetisches Merkmal. Egal welchen Dienstgrad sie auch hatten. Sie alle hatten feuerrotes, krauses Haar und gleichermaßen rote Augen. Für Kiron waren sie eisige Dämonen, die ihr höllisches Feuer in seine Welt brachten und dort mit eiskalter Zielstrebigkeit entfachten. Die Kommandeure dieser finsteren Armee trugen meist schwarze Mäntel und Schirmmützen, die deren Stirn verdeckten. Ein militantes Outfit, das Kiron bislang völlig unbekannt war. Zu gern hätte er nebenher gewusst, welches Lied die despotischen Militaristen sangen, als sie durch Neo City marschierten. Die Bedeutung dahinter kannte er nicht, auch wenn er einen Hauch von Stolz daran erkannte. Vielleicht die Hymne ihrer Nation. Es war ein gespenstischer Gruppengesang, der ihm einen kalten Schauer über den Rücken laufen ließ. In der Nacht, in welcher er Lanzo zur Hilfe kam. Als die Straßen teilweise lichterloh brannten und die dreieckigen Raumschiffe lautlos über der Stadt schwebten, deren rote Scheinwerfer über dem Erdboden kreisten. Als er den Burschen vom Südkontinent grob mit sich zerrte, um den grellen Suchscheinwerfern rechtzeitig auszuweichen, bis sie schließlich den ehemaligen Supermarkt erreichten, in dem sie nächtigten. Kiron fühlte sich nicht wie ein Held, auch wenn er Nerven wie Drahtseile hatte. Er fühlte sich wie ein einfacher Mann, der das tat, was getan werden musste.

Mit glühendem Schmerz in der Schulter schleppte sich Kiron zurück in den unterirdischen Trakt von Neo City – während an der Oberfläche nahezu alles ausgebrannt und verwüstet war, herrschte dort rege Betriebsamkeit.

Die Bewohner, welche den Überfall auf ihre Großstadt überleben
konnten, zogen sich hier zurück. Manche hatten tiefe Furcht in ihren
Herzen und wollten sich dort einfach nur vor den drohenden Gefahren
verstecken, andere hingegen bereiteten sich für eine Gegenoffensive
vor. Manche waren erfüllt von ihrem Pflichtgefühl, andere waren
zutiefst erbittert und wollten einfach nur Vergeltung üben. Nicht jeder
wurde eingeschüchtert, doch jeder hatte seine Bedenken und Zweifel.
Die technische Überlegenheit des Feindes stand außer Frage.
Kiron ließ seine Wunden von einer Ärztin behandeln, deren Gesicht
ihm bereits seit einer Woche vertraut war.
Er gehörte in dieses Kriegsgebiet. Es war seine Heimat, die er
zurückgewinnen wollte. Nach einer halben Stunde verließ er die
Krankenstation wieder und betrat einen großen Schlafraum, in dem
zahlreiche metallische Hochbetten platziert wurden und noch wenige
Plätze frei waren. Man hörte ein leises Schnarchen und eine farblose
Wanduhr merklich ticken. Ein tätowierter Untergrundkämpfer, der
eine Igelfrisur hatte und ein dunkelgrünes Unterhemd trug, war noch
wach und las seelenruhig seine Zeitung. Mehrfach blätterte er darin.
Er bemerkte Kiron und nickte ihm wortlos zu. Er widmete sich schnell
wieder der Zeitung. Kiron schwieg vorübergehend und legte sich in
ein Bett, das momentan nicht belegt wurde. Sein Blick war mürrisch,
aber auch nachdenklich. Die Matratze war hart und unbequem.
Das kleine Kopfkissen schmal und dünn. 20 Minuten später wurde das
Licht ausgeknipst. Niemand sagte ein Wort. Die meisten
Widerstandskämpfer schliefen bereits.

Langsam schloss Kiron seine Augen und drehte sich auf die Seite. Er hatte sein Amulett am Hals fest mit seiner Faust umschlossen. Der Krieg machte die Menschen müde.

Inmitten der trostlosen Ruinen, neben einer Fahrbahn, befand sich der versteckte Zugang zu dem unterirdischen Bunkersystem, der einer Falltür ähnelte. Inzwischen wurde diese Stelle mit hunderten Laubblättern und zahlreichen Zweigen bedeckt. Mittlerweile schwebten zwei Aufklärungsschiffe reglos oberhalb dieser Gegend. Die tiefroten Lichtkegel ihrer Scheinwerfer bewegten sich nicht mehr, sondern stoppten allesamt an einer bestimmten Stelle, die somit gezielt angestrahlt wurde. Die pechschwarzen, dreieckigen Raumschiffe wirkten wie erstarrt inmitten eines kalten Regenschauers, der seit einer halben Stunde auf Neo City niederprasselte.
Ein gepanzertes Fahrzeug kam hektisch angerast und machte eine schrille Vollbremsung. Einen kurzen Moment später stieg ein hochgewachsener Mann aus dem Wagen heraus, der einen lederneren Mantel und eine Schirmmütze trug. Er trug knielange Knobelbecher und nahm seine Handschuhe ab, als er sich mit grimmiger Mimik aufmerksam umsah. Inmitten einer leblosen, finsteren Trümmerlandschaft wirkte er mit seinen feuerroten Augen und Haaren wie eine kleine Flamme, die sich darin verirrt hatte.

Nachdem Kiron drei Stunden schlief, wurde er schonungslos aus dem Tiefschlaf gerissen. Er riss seine Augen auf und richtete sich augenblicklich mit dem Oberkörper auf, als plötzlich die Tür zum Schlafraum knallend aufgeschlagen wurde. Wenige Männer meckerten deshalb leise. Ein bärtiger Befehlshaber, der üble Schrammen im Gesicht und ein zugeschwollenes Auge hatte, weckte alle anwesenden Untergrundkämpfer. Kiron setzte seine Füße auf den Boden. Sein müder Blick schweifte durch den Raum und begegnete dem Blick des jungen Mannes mit der Igelfrisur, der einige Stunden zuvor seine Zeitung las. Dessen Mimik war nun hasserfüllt und verbittert. Kiron wusste, wem dieser Hass galt. Es lag nicht an Kiron, sondern an den angriffslustigen Kriegstreibern, die sie nun wieder massiv bedrängten. Kiron lud hastig seine Handfeuerwaffen.
„Sie haben einen Zugang gefunden! Zu den Waffen! Los, los, los!" brüllte der Befehlshaber mit dem bärtigen Gesicht in den Raum. Nun heulten die Sirenen. An der Decke drehte sich eine blinkende Alarmleuchte, die den Raum in eine tiefrote Farbe einhüllte und warnend dröhnte. Der tätowierte Untergrundkämpfer mit der Igelfrisur vermummte seine untere Gesichtshälfte mit einem dunkelblauen Halstuch und schnappte sich sein Gewehr. Er steckte sich ein gezacktes Kampfmesser in seinen Gurt. Erneut nickte er Kiron zu, wobei seine grünen Augen glühten. Etliche Männer sprangen aus den Betten und schnürten sich ihre Stirnbänder um den Kopf.
Man hörte mehrfach das Laden ihrer Waffen. Sie waren die kleine Infanterie des unbeugsamen Untergrundes.

Sie akzeptierten es, kämpfen zu müssen. Ihnen blieb auch nichts anderes übrig. Manche hatten es sogar gelernt, das Kämpfen zu lieben, da sie ihre Heimat verteidigen mussten, die ihnen am Herzen lag. Die Kriegsverletzung, die Kiron bei seinem letzten Rundgang an der unsicheren Oberfläche davontrug, sollte ihn nicht daran hindern, sich weiterhin am Abwehrkampf aktiv zu beteiligen. Er kannte nicht alle Ziele der mysteriösen Invasoren. Aber er hatte die Befürchtung, dass sie sein Volk unwiderruflich vernichten wollten – so wie sie es vermutlich schon zuvor mit anderen Völkern im Kosmos taten. Sie selber hatten sich nach der Aussage des alten Hellsehers gänzlich dem Militarismus verschrieben. Doch Kiron kannte ihre Ideologie nicht. Auch der hellsichtige Greis konnte nicht alles über sie wissen, denn auch seine hellseherischen Fähigkeiten hatten ihre Grenzen. Sie sahen ihre Art und Nation als Endstufe der Evolution. Sie waren die selbsternannte Auslese und wollten die alleinige Herrschaft in der Galaxis. Sie waren militante Imperialisten, die keine Rivalen in ihrem Umfeld duldeten und das Ausbreiten fremdartiger Völker als existenzielle Bedrohung oder Konkurrenz ansahen. Es gab keine Religionen in ihrer imperialen Volksgemeinschaft. Sie waren völlige Atheisten, die eigene Wissenschaft hatte die höchste Priorität und sämtliche Religionen galten als bedeutungsloser Irrsinn. Sie hatten keine Götter. Sie brauchten auch keine Götter, denn das waren sie selber. Sie waren in der Lage, Leben zu erschaffen, da sie auch die molekulare Reproduktion beherrschten. Ihrer Stammzellenforschung konnte niemand das Wasser reichen; sie konnten sämtliche Gene modifizieren. Ihre Raumfahrt war enorm fortgeschritten. Sie konnten Planeten erreichen, die etliche Lichtjahre entfernt waren. Sie hatten immer ein Auge auf andere Völker und bestraften sie in einem Ausmaß, was man ansonsten irgendwelchen übermächtigen Göttern zugetraut hätte. Doch göttlich waren sie nicht. Sie verleugneten Gott. Sie waren der Ansicht, dass sie niemand aufhalten konnte, auch keine göttliche Macht. Niemand unter ihnen konnte körperlich krank werden. Sie hatten ihre eigene Genetik inzwischen qualitativ perfektioniert. Niemand bekam Krebs oder musste daran sterben, egal wie ungesund man lebte. Sie betrieben seit Jahrtausenden Euthanasie und Eugenik innerhalb ihrer Bevölkerung, zudem hatten sie weit und breit die besten Mediziner und Wissenschaftler, von denen andere Welten nur träumen konnten. Es gab weder körperliche noch geistige Behinderungen. Sie waren offenbar der perfekte Organismus, doch sie waren eiskalt und berechnend wie herzlose Maschinen, die im Gleichschritt für ihr Königreich marschierten. Kiron wusste nicht, was sie über sein Volk dachten. Vermutlich waren sie für diese finstere Streitmacht ein genetischer Restposten oder ein lästiger Gendefekt, den sie rigoros aus dem Kosmos tilgen wollten. So kämpften sie um ihr Überleben und wurden auf eigene Faust zu Widerstandskämpfern, die bereit waren sich für das Fortbestehen der künftigen Generationen nach ihnen zu opfern. Ihre schöne, friedliche Welt wurde nun zur Zielscheibe einer kriegerischen Spezies, die sie schon längst im Visier hatte. Sie waren wie eine Klapperschlange, die einen Hasen witterte und aufspürte.

Der bärtige Befehlshaber mit den Schrammen im Gesicht winkte die wehrhaften Untergrundkämpfer hektisch zu sich und forderte sie dazu auf, den Schlafraum schleunigst zu verlassen. Kiron hatte es gelernt, mit wenig Schlaf auszukommen. Momentan verzichtete er auf irgendwelche Aufputschmittel und er war sich sicher, dass viele Männer innerhalb der Widerstandsbewegung sich mit irgendwelchen Drogen oder anderen fragwürdigen Arzneien aufputschten. Dennoch hatte er dafür Verständnis. Dies machte die Situation zeitweise erträglicher. Somit konnten sie mit weniger Schlaf und weniger Nahrung auskommen, da sie dadurch für mehrere Tage weder Müdigkeit noch Hunger verspürten. Sie wurden in die Enge getrieben, manche waren völlig ausgemergelt. Als Kiron den Schlafraum verließ, sichtete er augenblicklich einen hohlwangigen Partisan, dessen Haut sehr dunkel war und dessen Augen immer noch in einer blauen Farbe intensiv glänzten. Es war Kimbo, der jugendliche Bewohner vom Südkontinent. Kiron war enttäuscht, als er die Spritze bemerkte, die Kimbo sich in den Arm injizierte. Es war nicht Sinn der Sache, sich mit solchen schweren Drogen zu betäuben, die zwangsläufig nach einer gewissen Zeit sowohl den Körper als auch den Geist ruinierten. Kimbo war noch sehr jung. Doch er wusste nicht, ob er die nächsten Stunden überleben würde. Diese Ungewissheit belastete ihn. Er ließ sich seine Angst nicht anmerken, als er lächelnd zu Kiron blickte und dabei seine weißen Zähne kurz aufblitzten. Doch Kiron hatte keinen Zweifel daran, dass er seine Angst verdrängte und dies auch der Anlass für den sporadischen Drogenmissbrauch war.

Manche Freiheitskämpfer wollten mithilfe von irgendwelchen Drogen ihre Leistung steigern, andere hingegen wohl eher ihre Ängste loswerden. Die Furcht konnte im Kampf lähmen. Andere hingegen betranken sich, um forscher zu werden oder um ihre Laune zu bessern. Sie mussten sich der unausweichlichen Bedrohung stellen.
Sie konnten sich nicht ewig verstecken. Langsam ging der Optimismus unter ihnen verloren. Manche hofften einfach nur noch darauf, einen schnellen, schmerzlosen Tod inmitten des aussichtslosen Gefechtes zu finden. Die militanten Eroberer aus der Fremde hatten ihre Gebiete bereits teilweise besetzt und wollten jeden Widerstand brechen, den sie in dieser Welt antrafen. Die provisorische Untergrundinfanterie bestand überwiegend aus jungen, unerfahrenen Männern, die noch nie eine militärische Auseinandersetzung erleben mussten und zudem auch einem erheblichen Nervenkrieg ausgesetzt waren. Sie mussten sich meist irgendwelchen Männern unterordnen, die älter als sie waren und keine Schwächen tolerierten. Sie verlangten von ihnen bedingungslose Kampfbereitschaft gegenüber den intergalaktischen Angreifern. Sie wurden mit dem notdürftig ausgerüstet, was einst die Ordnungshüter ihrer Heimat verwendeten, wenn sie für die innere Sicherheit sorgen mussten. Die Bodentruppen der entsandten Armada wollten sie mit diversen Gräueltaten und einer überragenden Technologie abschrecken wie auch einschüchtern. Für Kiron waren sie perfide, aber zielstrebig.

Kiron machte sich auf das Schlimmste gefasst. Die urbane Oberfläche, vor allem den Stadtkern, hatten sie bereits an die Invasoren verloren. Ihre ehemals blühende Weltstadt war nur noch eine gottverlassene Trümmerwüste, in der, so wie es an einer Mauer gesprüht wurde, nur noch die verlorenen Seelen von Neo City hoffnungslos ausharrten. Zwischen Asche, Feuer und Staub formierten sich die letzten standhaften Freiheitskämpfer, die vom Rest ihrer Welt nahezu abgeschnitten waren. Sie waren mit ihren Gegnern keineswegs ebenbürtig. Kiron hielt sie für eiskalte Übermenschen, bei denen es todesverachtende Kühnheit und große Überwindung erforderte, wenn man sich ihnen in den Weg stellte. Wer sich diesen kaltherzigen Kriegern in den Weg stellte, spielte mit dem Feuer.
Das Flammenmeer der Hölle loderte in ihren roten Augen, sobald sich ihnen jemand widersetzte. Kiron ging davon aus, dass die entführten Bewohner allesamt noch lebten und in ihrem riesigen Mutterschiff irgendwo einkerkert wurden. Versklavung oder Vernichtung. Sie hatten die Wahl.

Doch in der tiefsten Finsternis flackerte auch ein Licht der Hoffnung. Der brüderliche Zusammenhalt zwischen abgehetzten Menschen, die vieles verloren hatten und gemeinsam um ihr Leben kämpfen mussten. Nun ging es ans Eingemachte…

Mehrere Türen wurden knallend aufgeschlagen, etliche Männer und
Frauen eilten überstürzt durch die Gänge oder strömten aus
unterschiedlichen Räumen. Der gesamte unterirdische Komplex war
in Aufruhr. Kiron sichtete eine junge Krankenpflegerin, die im
rasanten Tempo ein wackliges Krankenbett hektisch durch den
Korridor schob, in dem ein kahlköpfiger Greis lag, dessen gebrochene
Beine eingegipst waren. Offenbar mussten manche Patienten verlegt
bzw. anderswo in Sicherheit gebracht werden.
Einen kurzen Augenblick später folgten dem Greis weitere Patienten,
die teilweise bewusstlos in ihren Betten lagen und schleunigst in
anderen Räumlichkeiten untergebracht werden mussten.
Das Team der Krankenpfleger zeigte beherztes Engagement inmitten
der riskanten Notlage. Sie wählten einst diesen ehrbaren Beruf, den sie
stets mit Hingabe und Ehrgeiz ausführten. Doch im Krieg und Chaos
waren die Anforderungen noch höher und sie kamen bald an die
Grenzen ihrer Belastbarkeit. Sie alle erlebten nun eine bittere
Situation, die zuvor schon viele andere Welten und Völker erdulden
mussten, da war Kiron sich absolut sicher. Die Not stärkte ihren
Zusammenhalt. Sie sahen keinen Ausweg, es blieb nur noch die
Notwehr und die Defensive. Viele hatten bereits Angehörige verloren
und mussten die Trauer überspielen bzw. den Kummer in sich
hineinfressen, da jeder in irgendeinem Bereich benötigt wurde.
Sie waren gefangen in einer Welt, die in den Krieg gestürzt wurde.
Sie waren kleine Engel, denen der Himmel geraubt wurde und deren
Flügel durch die Last brachen. Ihnen stand die Apokalypse bevor.

Sie waren die Männer der Straße, die den Widerstand verfechten mussten und nicht als Untertanen oder Sklaven der Tyrannen enden wollten. Vereint im Kampf gegen eine kaltblütige Übermacht, die ihnen das Existenzrecht absprach. Der Wille zäh wie Leder, die Entschlossenheit fest wie ein Felsen, so hatten sich viele Männer zu opferbereiten Guerillas entwickelt, die es gelernt hatten, mit wenig auszukommen und dem Invasor die Stirn zu bieten. Sie waren weder Patrioten noch Idealisten, sondern glühende Rebellen, die ihr gepeinigtes Volk retten wollten. Der gemeinsame Freiheitskampf war die einzige Motivation, wenn graue Wolken den Himmel bedeckten und ein eisiger Wind pfeifend durch die vernebelten Straßen wehte. Man hatte ihnen so vieles genommen, doch den letzten Funken Hoffnung ließen sie sich nicht nehmen. Freiheit und Gerechtigkeit gab es nicht mehr. Wahrscheinlich gab es Freiheit und Gerechtigkeit an keinem Ort im gesamten Kosmos – es war lediglich eine Illusion irgendwelcher menschlichen Individuen, die dies anstrebten, aber niemals erreichen konnten. Irgendwann wurde schließlich jeder von der Realität eingeholt. Die friedliche Idylle zerbrach und sie näherten sich einem Abgrund, der sie gnadenlos in die Tiefe zerren sollte. Es blieb nur noch der Wille inmitten des wilden Chaos zu überleben und die Aussicht darauf, irgendwann die Gelegenheit für eine Vergeltung zu erhalten. Die Warnung des alten Hellsehers wurde als Mythos abgetan. Doch er ahnte bereits, dass die Zeichen auf Sturm standen. Die wahren Absichten des Feindes blieben für viele weiterhin unklar. Womöglich lag ihnen die Zerstörung und die Tyrannei in den Genen.

Kiron schreckte zurück, als ein Partisan vor seinen Füßen am Boden aufschlug und mit schockierter Mimik zur Decke starrte.
Ein glühendes Loch brannte inmitten seiner Stirn.
Seine Faust, mit der er seine Schusswaffe umspannte, lockerte sich.
Kiron kniete nieder und schloss mit seiner Hand dessen Augenlider, da jedem Toten ein gewisser Respekt gezollt werden musste – insbesondere den opferwilligen Widerstandskämpfern, die inzwischen wie eingeschworene Familien zusammenhielten. Er schnappte sich sofort dessen Handfeuerwaffe, die er sich als Ersatz dankbar in den Gürtel steckte. Als Kiron sich umgehend aufgerichtet hatte, stand er zwei Männern gegenüber, die mit wenigen Metern Entfernung vor ihm einen heftigen Zweikampf austrugen und um sich herum alles vergaßen. Mit dem schweren Gewehr in den Händen rannte er schnell an ihnen vorbei. Er überließ sie ihrem Schicksal und hielt Ausschau nach weiteren Eindringlingen. Sein Herz schlug ihm bis zum Rachen, Schweiß lief ihm die Schläfen herab. Hektisch erhaschten seine Augen jede Ecke und jeden Gang, in dem der unberechenbare Feind lauern konnte. Es war der tätowierte Untergrundkämpfer mit der Stachelfrisur, der zuvor im Schlafraum nächtigen wollte und mit Kiron einen flüchtigen Blickkontakt aufbaute. Sein Gewehr landete klappernd am Boden, sein Gegner trat nach der Waffe, damit sie etliche Meter den Boden entlang rutschte und aus ihrer Reichweite verschwand. Er wurde im Handgemenge wuchtig an die Wand geschleudert und zeigte seine Zähne, als Stahl aufblitzte und er sich mit seinem Kampfmesser verteidigte, das er prompt aus dem Gurt

gezogen hatte. Sein Schleier im Gesicht wurde zuvor im wilden Handgemenge abgerissen. Einen kurzen Augenblick später landete auch das zackige Kampfmesser klirrend am Boden, als man ihm sein Handgelenk gewaltsam umknickte. Der Untergrundkämpfer biss die Zähne zusammen und verpasste ihm einen Kopfstoß an die Stirn, um sich aus den groben Fängen zu befreien. Der Infanterist taumelte an die gegenüberliegende Wand, worauf der kämpferische Partisan nach vorn rannte und ihm mit beiden Knien hintereinander an den Kiefer sprang. Dadurch verlor der Infanterist seinen Helm, der scheppernd auf den Boden fiel und dort den Gang entlang rollte. Ein schlaksiger Untergrundkämpfer rannte vorbei und schnappte sich dabei den Helm, den er sich sofort hastig aufsetzte. Dort unten konnten sie alles gebrauchen. Der Soldat trat dem rasenden Partisan an die Brust, um ihn für einen Augenblick fernzuhalten, doch er sprang direkt wieder energisch zurück und verpasste ihm einen blitzschnellen Schwinger an die Schläfe. Nun schlugen und traten die beiden Kampfhähne sich in Rage, als sie sich fieberhaft umkreisten und aufeinander vehement eindroschen. Mittlerweile hatten sie sich beide sämtliche Waffen aus den Händen geschlagen, so blieben ihnen nur noch ihre Fäuste und Füße zur Verteidigung. Sie umklammerten sich an den Hinterköpfen und rammten sich gegenseitig die Knie in den Bauch, bis sie dabei von Wand zu Wand flogen. Der schlaksige Bursche mit dem Helm kam nicht weit. Er blieb abrupt mit geweiteten Augen stehen, als sich eine eiskalte Stahlklinge durch seinen Magen bohrte. Er blickte entsetzt in eine schwarze Maske, an der die roten Gläser wie wilde

Flammen glühten. Er lief einem Eroberer direkt in das Bajonett, der erbarmungslos zustach. Er zog das Bajonett seines Gewehres mit einem Ruck aus ihm heraus und beachtete ihn nicht länger, als der Bursche wehklagend zusammenbrach und keuchend Blut spuckte, als er sich am Boden krümmte; Die Klinge war offensichtlich vergiftet. Er lief unverzüglich weiter und überließ ihn einem schmerzhaften, langsamen Todeskampf. Kiron drückte Lanzo und Kimbo die Daumen, doch er konnte sie nicht mehr sehen und hatte sie aus den Augen verloren. Es war nicht lange her, als er Kimbo und Lanzo mit tatkräftiger Hilfe beistand und sie erstmals in Neo City antraf; eine moderne Metropole, in welcher die ansässigen Menschen einst glücklich miteinander lebten und man nur den Frieden kannte, der jedoch nicht ewig währte. Die abgrundtiefe Dunkelheit und die eisige Kälte einer hasserfüllten Streitmacht hatte ihre Großstadt schließlich verschlungen. Er erinnerte sich gut daran, als er Kimbo zur Hilfe eilte, als sich dieser im Schlepptau des schwarzen Ritters befand, der ihn ausliefern bzw. verschleppen wollte. Kimbo wollte gar nicht erst daran denken, wo er gelandet wäre, wenn Kiron nicht gewesen wäre – wahrscheinlich in den Fängen eines kaltblütigen Wissenschaftlers. Die Situation steigerte sich dramatisch. Man hörte ungefähr alle zwei Minuten irgendwo eine Granate oder andere Sprengkörper einschlagen, die mit einer erschreckenden Wucht detonierten. Die Wände zitterten, das Licht an den Decken flackerte, feiner Putz rieselte herab. Man hörte unzählige verzweifelte Schreie, überwiegend von Männern, aber auch von Frauen. Nachdem die Wände heftig

bebten und es für einen Moment stockfinster wurde, da eine Beleuchtung versagte, hörte Kiron furchtbare Hilfeschreie, die von einem jungen Mann in der Nähe stammten. Als die Beleuchtung wieder funktionierte und der lange Gang vor ihm wieder vollständig sichtbar wurde, erkannte er, dass dieser arme Pechvogel durch einen heimtückischen Sprengkörper schwer getroffen wurde. Es hatte ihm beide Unterbeine weggerissen. Der verwundete Mann streckte die Hand in seine Richtung und starrte mit geweiteten Augen zu ihm. Die Kantine war nicht weit entfernt. Der Eingang zur unterirdischen Kantine stand offen, man hörte, wie dort Schränke umgeworfen wurden und Geschirr klapperte. Kiron begriff sofort, weshalb dort diese Hektik herrschte. Vermutlich hatten sich mehrere Widerstandskämpfer in der Kantine verschanzt, die einer stürmischen Hetzjagd der Eindringlingen gnadenlos ausgeliefert waren.
„Hilf mir doch, verdammt!'' schrie der Partisan Kiron zu, als er die Hand in seine Richtung streckte und vor Schmerzen weinte.
Wie konnte es den Invasoren nur gelingen, dort einzudringen? Kiron hatte einen beklemmenden Verdacht; womöglich gab es einen Verräter in den eigenen Reihen. Dies konnte er jedenfalls nicht ausschließen. Ein verzweifelter Überläufer, der sich ihnen unterwarf und ihnen den Zutritt gewährte; um zur Gegenleistung verschont zu werden. Vielleicht jemand, der keine Zukunft mehr für seine Welt sah und sich den Feinden anschloss, um eine neue Perspektive auf einem anderen Planeten zu bekommen, von dem er jedoch nichts wusste.

Kapitel 9 *Der eiserne Heldenkampf*

Ein heulender Nachtwind peitschte durch die Weide und ließ die
Gräser und Zweige der Bäume wie unruhige Schatten zappeln.
Grelle Blitzschläge erhellten die schwarze Nacht für einen kurzen
Augenblick, als dunkelgraue Sturmwolken aufzogen und den Himmel
wie eine undurchdringliche Decke verdichteten. Donner grollte in der
Ferne. Rasende Blitze zuckten am Himmel. Inmitten eines kostbaren
Weizenfeldes wachte einsam eine abgenutzte Vogelscheuche, die
einen Strohhut trug und ein trauriges Gesicht hatte, das von mehreren
Narben gezeichnet war.

Dass man ihr Volk als genetischen Abfall betrachtete, war wohl der
bewegende Grund, weshalb sie so verbissen und erbittert kämpften.
Sie fühlten sich gleichermaßen bedroht wie ein einsamer Wolf in
einem entlegenen Gebiet, der von erbarmungslosen Jägern verfolgt
wurde; denn sie waren auf sich allein gestellt und hatten keine
Unterstützer. Sie bewohnten lediglich einen kleinen Fleck im
Universum, den sie verteidigen mussten gegen eine perfide
Übermacht, die sich womöglich auch ihre kleine Welt einverleiben
wollte; manche interpretierten es als Missgunst oder Gier, andere
vermuteten dahinter, dass man ihre Heimat als militärischen
Außenposten nutzen wollte. Doch dies blieb nur Spekulation.

Sie standen jedenfalls einem apokalyptischen Waffenarsenal gegenüber, das von abgebrühten Befehlshabern gesteuert und eingesetzt wurde, doch sie mussten standhalten wie ein kleiner Ritter vor dem Feueratem eines Drachen. Während sich im unterirdischen Bunkersystem von Neo City eine kollektive Endzeitstimmung ausbreitete und sich manche Widerstandskämpfer mit Alkohol betranken oder mit schweren Drogen betäubten, zeigte sich ein Aufgebot von kampfbereiten Rebellen in den ländlichen Siedlungen auf dem Nordkontinent etwas disziplinierter gegenüber dem verhassten Feind. Ihrer Freiheit beraubt und ihren Familien entrissen, stellten sie sich dem Joch der Tyrannei standhaft entgegen.

Der gigantische Schatten einer dunklen Macht verhüllte ihre Welt und sie waren Kämpfer des Lichtes, die einen bedingungslosen Freiheitskampf bis zum letzten Blutstropfen führten.
Sie wollten vermutlich die Herrschaft über das gesamte Universum; doch wer Wind säte, sollte Sturm ernten. Kiron wünschte sich nichts eher, als eines Tages den sogenannten Imperator, der dies alles zu verantworten hatte, in seinem eigenen Palast aufzuknüpfen und seinen Thronsitz niederzubrennen. Der Gemeinschaftssinn der Rebellion sollte den Kampfgeist in ihnen wie ein Lauffeuer entfachen.
Ihre globale Befreiungsarmee war den Kommandeuren der Black Viper ein Dorn im Auge. Trotz hoher Verluste und der enormen Bedrängnis blieben sie dennoch unbeugsam und ließen sich ihre Zweifel nicht anmerken. Doch sie blickten mit tiefster Wehmut der ungewissen Zukunft entgegen.

Getarnt und halbwegs verborgen unterhalb eines herbstlichen Nebelschleiers, der die endlos wirkende Weide wie ein sanftes Leinentuch überdeckte, robbten etwas mehr als zwei Dutzend Männer unauffällig durch die Gräser und spürten dabei die feuchtkalte Erde trotz ihrer Kleidung. Der Anführer unter ihnen gab wortlos ein Handzeichen, worauf sie alle stoppten. Er starrte durch sein Fernglas. Zwischen seinen Lippen steckte ein Grashalm, an dem er etwas kaute, sobald es wieder brenzlig wurde. Sie befürchteten verloren zu gehen wie ein Sandkorn in einem Wirbelsturm. Doch die letzten beschwerlichen Wochen hatten sie sowohl körperlich als auch mental gestählt. Ihre Herzen bluteten. Ihr Blut kochte. Ihr ungebrochener Wille inmitten des haarsträubenden Schlachtfeldes wie Stahl und Eisen. Der heldenhafte Freiheitskampf das höchste Gebot.

Das Lachen der Sonne war verschwunden und stattdessen regnete es zahllose Bomben und feindliche Invasoren, die wie gefallene Engel während der zwielichtigen Morgendämmerung aus den blutroten Wolken niederfielen und die Hochhäuser ihrer Metropole in Flammensäulen verwandelten, welche die eisige Nacht wie gigantische Fackeln erhellten. Sobald man Schwäche zeigte, näherte sich der Feind wie eine Hyäne ihrer Beute. Sie mussten Feuer mit Feuer bekämpfen, eine Kapitulation war keine Alternative.

Die fragwürdigen Motive der offensiven Eroberungsflotte, die ihre Bodentruppen wie ungestüme Jagdhunde auf sie hetzten, interessierten diese Männer nicht länger; sie fühlten sich nur massiv bedroht und wollten eine stählerne Gegenwehr demonstrieren.

Viele unter ihnen waren bereit als opferbereite Blutzeugen in die Geschichte ihrer Heimat einzugehen. Ihren Stolz konnte ihnen niemand nehmen. Da ihr pazifistisches Volk niemals ein richtiges Militär aufgebaut hatte, mussten sie sich wie unerfahrene Guerillas organisieren, um einen halbwegs strukturierten Abwehrkampf zu ermöglichen. Mütter verloren ihre Söhne, Schwestern ihre Brüder. Die Wunden saßen tief und ihre Hoffnung auf Freiheit und Frieden war erloschen wie das letzte Kerzenlicht inmitten eines gigantischen Schattens…

Die Männer zogen ihre Köpfe ein, bissen sich auf die Zähne und drückten sich krampfhaft auf den feuchtkalten Erdboden.
Sie vermieden vorübergehend jede Art von Bewegung. Über ihren Köpfen, die von dem Nebelschleier halbwegs verborgen wurden, raste mit einem dröhnenden Rauschen eine rabenschwarze Flugscheibe vorbei, wodurch die Gräser durch den gewaltigen Windzug zappelten. Für einen Augenblick spürten die Männer einen schneidenden, eiskalten Wind, den sie besonders an ihren Ohren schmerzlich spürten. Das unheimliche Flugobjekt raste mit einer niedrigen Flughöhe und einer enormen Geschwindigkeit über dem dunstigen Nebelschleier hinweg. Sie schätzten den Durchmesser dieses bedrohlichen Flugkörpers auf etwa 40 Meter. Sie blieben still und rührten sich nicht vom Fleck, da diesem imposanten Flugobjekt noch fünf weitere folgten, die ihrer Einschätzung nach zweifelsohne militärischer Natur waren.

Sie schmückten die stürmische Nacht wie Raben die schattigen Baumkronen eines verwunschenen Nadelwaldes. Sie hatten die Befürchtung von derartigen Flugkörpern wie Mücken von einer Fliegenklatsche zermalmt zu werden. Die Ehrfurcht stand ihnen tief in die Gesichter geschrieben, doch sie mussten hart bleiben und ihre Ängste überwinden. Viele hatten ihren Glauben an einen Gott verloren. Die Eroberer waren wohl die Götter, die nun über sie richteten. Götter, die alles in den Schatten stellten und ihre überlegenen Technologien mit fanatischer Hingabe und kühlem Stolz demonstrierten. Einer der Widerstandskämpfer warf seinem Befehlshaber einen fragenden Blick zu, der seinen ratlosen Blick mit großen Augen erwiderte und lautlos seinen Zeigefinger an die Lippen legte. Niemand unter ihnen plagte sich noch weiterhin mit der verwirrenden Frage, warum dies alles geschah und weshalb ausgerechnet auf ihrem Planeten. Sie wollten nicht wahnsinnig werden. Dahinter steckte gewiss ein teuflischer Plan und das finstere Manifest eines grausamen Imperators, der womöglich mit der halben Galaxis Schach spielte und die Fäden im Hintergrund zog – nur das wussten sie. Auf einmal lag die Hölle so nahe und das verlorene Paradies, das sie einst kannten und liebten, in weiter Ferne.
Ihre kleine Welt wurde zum Spielball des Teufels. Jeder unter ihnen hatte längst die rosarote Brille abgenommen, um die trübe Realität besser zu erkennen. Illusorische Wunschvorstellungen wurden ausgeblendet. Jeder musste sich mit der grausamen Realität abfinden.

Das, was der alte Hellseher einst mit tiefster Besorgnis ansprach, war kein groteskes Hirngespinst, morbide Wahnvorstellung oder sinnlose Panikmache, sondern die Warnung und Vordeutung eines verzweifelten Greises, der um die Zukunft seiner Heimat bangte. Sie sollten es alle zutiefst bereuen, ihn stets ignoriert und als unseriösen Irren abgestempelt zu haben. Nun waren sie da und in ihrem mörderischen Wahn nicht mehr zu stoppen. Sie konnten und durften keine Empathie oder Mitgefühl empfinden, denn dies wurde innerhalb des Imperiums als Schwäche gewertet. Sie konnten nicht wissen, dass bestimmte Einheiten dieser Streitkräfte von Kindesbeinen an in eine militärische Ausbildung gesteckt wurden. Sie kannten nichts anderes als den Kampf und waren darauf prädestiniert jeglichen Widerstand zu brechen, den sie in anderen Welten antrafen. Gehorsam, Treue und eiserne Disziplin standen im Vordergrund und niemand durfte all dies hinterfragen oder die Wünsche und Ziele des Imperators in Frage stellen. Das Schlimmste, was einem Angehörigen dieser Streitmacht passieren konnte, war es nicht im Kampf zu fallen, sondern aus der Gemeinschaft verbannt und aus dem Imperium unwiderruflich ausgebürgert zu werden. Deshalb waren sämtliche Befehlsverweigerungen für sie undenkbar, egal wie fragwürdig oder paradox die Aufgaben und Missionen waren, die man ihnen zuteilte. Sie waren überwiegend eiskalte Maschinen, die keine Hemmungen geschweige denn ein Zögern kannten, wenn es um das Töten irgendwelcher Partisanen ging, die sich ihnen widersetzten.

Dort wo sie die zivilen Infrastrukturen anderer Zivilisationen
lahmlegten, entstand früher oder später zwangsläufig bewaffneter
Widerstand. Sie waren der ultimative Albtraum, der niemals endete.
Eine Würgeschlange, die ihnen die Luft abschnürte. Die gefürchteten
Black Viper, ein elitärer Teil ihrer Kriegsflotte, hatten ihr Königreich
der Finsternis verlassen und ihre kleine Welt aufgespürt, deren
Bewohner völlig ahnungslos gegenüber der Gefahr waren, die in den
unermesslichen Weiten des Alls lauerte. Eine gigantische Natter, die
schleichend das Universum abklapperte, auf der Suche nach neuen
Opfern, bei denen die Gegenwehr keine Rolle spielte.
Die Kommandeure waren die lenksamen Schachfiguren eines
gnadenlosen Imperators, dessen Eroberungswille keine Grenzen
kannte und der mit seinen eisigen Krallen nach dem Boden und Besitz
anderer Völker griff. Ein Genozid, wenn sie dies als unumgänglich
erachteten, war nichts weiter als die nebensächliche Ziffer einer
Statistik irgendwo in den historischen Archiven einer kaltblütigen
Nation, die von den Toten lebte. Eine Mentalität, die vom eisernen
Militarismus geprägt wurde. Der Imperator entstammte einer
aristokratischen Dynastie, bei welcher stets die familiäre Blutlinie
bewahrt wurde. Die entsandten Bodentruppen waren eine gefürchtete
Legion, die außerhalb des Imperiums als galaktische Berserker
bezeichnet wurden. Nun waren sie wieder in ihrem Element; dem
Kämpfen und Erobern. Die Machtübernahme des gesamten
Universums oder bestimmter Gebiete war anscheinend das primäre
Anliegen des Imperators.

Die Rebellen und Widerstandskämpfer auf Kanzuma konnten ihm
diesbezüglich zwar keine Steine in den Weg legen, aber sie konnten
versuchen immerhin innerhalb ihrer Heimat wie ein Bollwerk
standzuhalten. Sie mussten an mehreren Fronten kämpfen und
Stellungen halten, die sie kaum noch verteidigen konnten.
Egal wie verbissen und fanatisch manche auch kämpften,
näherten sie sich immer weiter dem finsteren Abgrund der
Verzweiflung und Aussichtslosigkeit, der auch den tapfersten
Freiheitskämpfer irgendwann einholte und schonungslos in die Tiefe
der Realität zerrte. Sie wollten die Eisen aus dem Feuer holen; dem
stürmischen Feuer, das ihre Welt in Brand setzte. Das verheerende
Feuer eines diabolischen Drachen, der sich vom ungestümen
Kreuzfeuer der versprengten Untergrundkämpfer nicht aufhalten ließ.

Nun wurden die rustikalen Widerstandskämpfer Zeugen eines
grauenvollen Geschehens. Die Flugscheiben stoppten allesamt
oberhalb eines kleinen Dorfes, das teilweise aus primitiven Holzhütten
und wenigen Wohnhäusern bestand. Anstatt Bomben abzuwerfen oder
irgendwelche Strahlen abzufeuern, schienen sie die Bewohner
allesamt entführen zu wollen. Unterhalb der Flugscheiben wurde ein
roter Strahl sichtbar, der anfangs mit einem tiefen Klang zischte.
Die Bewohner hoben vom Boden ab und wurden dadurch wie ein
Fisch an der Angel nach oben gezogen. Sie waren innerhalb des
Strahls fixiert und konnten sich nicht bewegen. Ihre angsterfüllten
Schreie waren dabei nicht zu überhören.

Zahlreiche Raben und Krähen hatten den Ort zuvor schreckhaft verlassen. Besonders erschreckend war der Anblick eines kleinen Mädchens, das ihren Teddybär ängstlich umklammerte, als es durch den Strahl nach oben gezogen wurde. Sie konnten dagegen nichts unternehmen. Sie waren wütend, aber auch eingeschüchtert zugleich. Erneut warfen sie sich ratlose Blicke zu. Sie hofften, dass sie von diesen Flugscheiben nicht bemerkt wurden. Die Flugscheiben verließen das kleine Dorf und stiegen brummend in die Höhe. Langsam richteten sich die Partisanen vom Erdboden auf und blickten fassungslos in den Himmel, bis sie die Flugscheiben nicht mehr sehen konnten. Manche nutzten dabei ihre Ferngläser. Sie konnten das Dorf nicht mehr retten. Trotzdem näherten sie sich mit zaghaften Schritten dem kleinen Dorf, in der Hoffnung, dort noch Leben aufzufinden. Sie betraten ein Haus und starrten fassungslos zur Decke. Die Dächer wiesen allesamt große Löcher auf, deren Umrisse noch glühten. Anscheinend hatte die Strahlung zuvor die Dächer verbrannt, um die Bewohner zu fassen, die sich in ihren Häusern versteckten. Daraufhin wechselten sie vermutlich die Strahlung, die dafür zuständig war, die Bewohner in die Luft empor zu zerren. Einer der Partisanen blieb draußen und lehnte sich an die Wand eines kleinen Hauses. Er gönnte sich ein Stück Schwarzbrot und zog es aus seiner Hosentasche. Ihr Anführer schüttelte fassungslos den Kopf, als er das abgebrannte Dach beäugte und untersuchte. Ein furchtbarer, schmerzerfüllter Schrei ließ ihn plötzlich aufhorchen.

Er umspannte sein Gewehr. Er war sich sicher. Dieser Schrei konnte nur von seinem Gefährten stammen, der draußen außerhalb des Gebäudes auf sie wartete und sich eine kurze Pause gönnte.
Sie alle rannten Richtung Ausgang. Ein kalter Regenschauer folgte kurz nach dem Schrei. Es blieb dramatisch. Langsam und vorsichtig verließ der Anführer das Gebäude. Er forderte mit einem stummen Kopfnicken seine Gefährten auf, ihm zu folgen. Er sichtete nach wenigen Sekunden seinen Gefährten, der blutüberströmt in seine Richtung taumelte.
„Verschwindet, er ist hier! Und er kann sich unsichtbar machen!'' rief er seinem Anführer mahnend zu. Daraufhin brach er zusammen.
Der Rebellenführer weitete seine Augen.
20 Meter hinter seinem Gefährten, der schwer zugerichtet wurde, sah er ein grünliches Licht aufleuchten. Ein schwarzer Ritter hatte sich offenbar in dem verlorenen Dorf verschanzt. Er feuerte zahlreiche Schüsse auf das Gebäude, in dem sich die Partisanen sporadisch aufhielten. Ein Schussmechanismus war in seinem Armgelenk eingebettet, was bei seiner Einheit ausnahmslos Standard war.
Das Haus brannte lichterloh. Ein Partisan stürzte aus dem Fenster, der von Kopf bis Fuß in Flammen stand. Er rollte sich kreischend am Boden und verbrannte trotz des Regens vor den Augen seiner Gefährten. Die Widerstandskämpfer schrien sich verzweifelt irgendwelche Befehle zu. Sie machten nun einen desorganisierten Eindruck. Sie waren dieser Aufgabe offenbar nicht gewachsen. Sie wurden von dem Angriff des schwarzen Ritters völlig überrascht.

115

Einem Partisan zerplatzte der Schädel. Seinen Kameraden, die sich hinter ihm befanden, klatschte das Blut ins Gesicht. Sie warfen sich schockierte Blicke zu. Der Anführer bleckte die Zähne und schoss vehement zurück. Zumindest nahm er die Stellen ins Visier, wo er hin und wieder das grüne Licht wahrnahm. Der schwarze Ritter huschte wie eine Katze durch das Dorf und eröffnete hin und wieder das Feuer. „kämpfe fair wie ein Mann und deaktiviere deine Tarnvorrichtung!" rief der Anführer plötzlich. Darauf folgte ein spöttisches Lachen des schwarzen Ritters.

„Mann gegen Mann, sag deinen Leuten, sie sollen sich zurückziehen" erwiderte der unsichtbare Krieger.

„Einverstanden!" rief der Anführer. Er forderte seine Gefährten auf, die Waffen niederzulegen.

„Bist du wahnsinnig?" fragte sein Kamerad irritiert.

„Ich sehe keinen anderen Ausweg und möchte euch weiteres Leid ersparen" wisperte er.

„Verschwindet! Er gehört mir!" rief der Anführer plötzlich.

Offenbar wollte er sich für seine Männer opfern.

Die Männer ließen sich das nicht ein zweites Mal sagen.

Sie alle wollten schließlich nur eines; überleben!

Sie flüchteten so schnell sie konnten. Hals über Kopf rannten sie davon. Einer von ihnen blieb noch eine Weile, um den augenscheinlich aussichtslosen Kampf zu beobachten.

Seine Kameraden forderten ihn schließlich dazu auf, ihnen schnellstens zu folgen.

Er konnte gerade noch sehen, wie ihr Anführer aufgespießt wurde,
worauf ein tiefer, schmerzlicher Schrei folgte.
Der schwarze Ritter lachte teuflisch.
„Nichts wie weg hier…" wisperte der Partisan.
Der schwarze Ritter aktivierte wieder seine Tarnung und verschwand
inmitten des Regenschauers wie ein gespenstischer Schatten, den man
besser nicht verfolgen sollte. Er war wie ein wildes Raubtier, dessen
Kontakt man besser mied, sofern man überleben wollte. Es folgte bis
auf das sanfte Prasseln des Regens eine unheimliche, beinahe
friedliche Stille, so als ob dort nie etwas geschehen wäre. Das Dorf
war wie ausgestorben und wirkte in dieser regnerischen Nacht eher
wie ein gottverlassener Friedhof. Die Widerstandskämpfer kamen mit
dem Schrecken davon. Erneut demonstrierten die Invasoren ihre
Überlegenheit und Dominanz, indem ein schwarzer Ritter vereinzelt
sein Unwesen in einer Ortschaft trieb, die man bereits aufgeben
musste.

Kiron hatte den Unterschlupf, in dem verbissen gekämpft wurde,
inzwischen hinter sich gelassen. Nirgends war es noch sicher.
Weder im Untergrund noch an der Oberfläche. Er erinnerte sich an
Gerüchte, die er zuvor hörte; von hunderten versprengten
Untergrundkämpfern, die sich in den Kanalisationen der Großstadt
verschanzt hatten und ihren Kampf hartnäckig fortführten. Doch den
Gedanken, ihnen zu folgen, konnte er nun abhaken.

Kiron musste eine bevorstehende Gefangenschaft akzeptieren, wenn er weiterhin überleben wollte. Er erblickte plötzlich den finsteren Kommandeur, der zuvor mit seinem gepanzerten Fahrzeug an der Stelle anhielt, die zum Versteck führte. Nachdem er sich achtsam und misstrauisch umblickte, bemerkte er plötzlich dessen geisterhafte Anwesenheit. Dessen langer Mantel flatterte für einen Moment, als ein starker Wind wehte. Er hatte einen gehorsamen Chauffeur, der immer noch in dem Fahrzeug am Steuer hockte und mit ausdrucksloser Miene Kiron beobachtete. Der kalte Regenschauer hatte nachgelassen. Der Kommandant beobachtete Kiron für eine Weile, der wie angewurzelt und erstarrt mit einer Distanz von 15 Metern ihm gegenüberstand. Plötzlich wurden mit einem dumpfen Schlag grelle Scheinwerfer aktiviert, die Kiron gezielt beleuchteten und ihn für jedermann sichtbar machten. Was Kiron nun sehen konnte, veranlasste ihn dazu sein Gewehr in die nächste Regenpfütze zu werfen. Nachdem er dies getan hatte, legte er auch die kleinere Handfeuerwaffe demonstrativ mit einem Kopfnicken sachte und langsam auf die Straße. Der Kommandant drehte sich für einen kurzen Moment um und nickte seinen Einheiten wortlos zu, die hinter ihm in etlichen Reihen regungslos standen und im gleichen Augenblick Kiron synchron ins Visier nahmen. Der Kommandant mit dem schwarzen Ledermantel blickte wieder zu Kiron, seine Miene verfinsterte sich, seine rubinroten Augen funkelten vor Feindseligkeit. Kiron winkelte seine Arme an und legte die Hände an den Nacken, so wie es ein Soldat tat, der sich freiwillig ergab.

Hinter dem grimmigen Kommandeur standen ungefähr 100 Soldaten; diese bewaffnete Horde war ein ziemlich entmutigender Anblick für Kiron. Er ließ sich widerstandslos festnehmen, sein blaues Stirnband, das ihn als Rebellenführer auszeichnete, wurde ihm grob abgerissen und dem Kommandeur überreicht. Man verband Kiron die Augen mit einer Binde, legte ihm Handfesseln an und zerrte ihn in das gepanzerte Militärfahrzeug, das langsam losfuhr. Die Handfesseln waren so eng gespannt, dass Kiron folglich mit Striemen rechnete. Er leckte sich über die spröden Lippen. „Was erwartet mich in der Gefangenschaft?‘‘ fragte er argwöhnisch. Der Kommandant lächelte kühl, als er die Frage vernahm. „Das wirst du schon sehen‘‘ erwiderte er mit leiser Stimme. Kiron war entsetzt. Sie kannten seine Sprache. Wie lange nur wurde seine Heimat schon beobachtet? Kiron wollte es gar nicht wissen. Er erinnerte sich an seinen beklemmenden Albtraum, den er kurz vor dem Beginn des außerirdischen Überfalls hatte und ihn mit überhöhtem Puls aufwachen ließ. Womöglich hatte sein Unterbewusstsein diesbezüglich eine Vorahnung, die sich in diesem horrenden Traum wie ein Vorbote manifestierte; dieser Gedanke schnürte ihm den Magen zusammen. Erst nachdem fünf Minuten vergangen waren, wagte er es erneut eine Frage zu stellen. „Was soll eigentlich der ganze Aufwand?‘‘ fragte Kiron verständnislos. Diese schwerwiegende Frage nagte schon lange an ihm. Der Kommandant formte die Augen zu dünnen Schlitzen, die Schirmmütze verbarg den teuflischen Glanz seiner roten Augen.

„Ich führe nur meine Befehle von oben aus und habe darauf keinen Einfluss. Was ich davon halte und ob ich das selber gutheiße oder nicht, interessiert unseren Imperator herzlich wenig“ entgegnete er.
„Na großartig…“ zischte Kiron.

Der Regen im Norden hatte nachgelassen. In einer Siedlung, 20 Kilometer südlich von Neo City, gelang es einem Trupp von Widerstandskämpfern einen der Invasoren gefangen zu nehmen, den sie zuvor im Kampf mit Mühe und Not überwältigen konnten.
Doch diese Konfrontation forderte zuvor zahlreiche Opfer.
Dem Invasor gelang es, vor seiner Festnahme schließlich mehr als ein Dutzend von ihnen zu töten. Sie wussten, dass sie es mit einer professionellen Killermaschine zu tun hatten. Sie mussten vorsichtig sein. Sie alle wussten bereits, wie gefährlich diese Krieger waren; auch unbewaffnet. Sie erhofften sich durch ein striktes Kreuzverhör Informationen zu erhalten, die sie als relevant erachteten.

Eine bestimmte Fragte nagte dabei besonders an ihnen.
“Von wo kommt ihr her?“ fragte der Rebellenführer neugierig.
Der Gefangene lächelte bitter und blickte zu ihm hinauf. Keiner konnte wissen, was in seinem Kopf vor sich ging. Ob er die Bewohner dieses Planeten belächelte? Er schien keine Furcht ihnen gegenüber zu empfinden. Vermutlich war ihm sein eigenes Schicksal in der Gefangenschaft auch egal. Oder rechnete er damit, irgendwann befreit zu werden oder gar flüchten zu können? Jedenfalls wollte er die

Neugierde seiner Feinde besänftigen und ihre Fragen ehrlich
beantworten, die ihm gestellt wurden. Langsam lehnte er sich zurück.
„Wir leben in einer Welt jenseits eurer Vorstellungskraft" begann er
zu faseln. Seine feuerroten Augen glühten für einen Moment wie die
tiefsten Abgründe der Hölle. Er grinste kurz, wobei seine perfekten
Zähne zum Vorschein kamen.
„Unser Planet ist die ewige Nacht…wir haben keine Sonne in der
Nähe. Er ist wesentlich größer als euer Planet, wir haben zahlreiche
Metropolen, nicht nur eine wie ihr. Womöglich legt ihr großen Wert
auf eure Umwelt und habt deshalb eure Erdoberfläche kaum
urbanisiert. Aber der zivile Bereich bei uns wird immer kleiner…der
Militarismus hat Vorrang, es werden immer noch neue Kasernen
errichtet, der militärische Bereich und unser Imperium werden stetig
expandieren" schilderte er ausführlich. Der Gefährte des
Rebellenführers schrieb emsig an seinen Notizen und hörte dabei
aufmerksam zu. Der Rebellenführer war für eine Weile sprachlos.
„Völker, die sich nicht fügen und unterordnen werden erbarmungslos
vernichtet" fügte er betonend hinzu.
„Unsinn!" rief der Rebellenführer plötzlich.
„Ohne Sonne kann ein Planet nicht existieren!" unterbrach er.
„Oh doch, außerdem habe ich es nicht nötig zu lügen und falsche
Informationen preiszugeben" erwiderte der Gefangene.
„Drei Monde umkreisen unseren Planeten, das ständige Mondlicht
genügt uns…wir sind absolut zufrieden mit dieser Konstellation"
erwähnte er.

„Und natürlich die Lichter unserer Städte'' fügte er lächelnd hinzu.
Sie kamen nicht dazu, noch mehr Fragen zu stellen.
Er verschwieg die brisante Tatsache, dass in zwei der Monden
militärische Basen eingebaut wurden, in denen unter anderem
geforscht wurde und sowohl tausende Ingenieure als auch und
unzählige Wissenschaftler aktiv waren. Dort gab es nicht nur geheime
Laboratorien. Die unscheinbaren Monde waren offenbar die
Grundlage für ihre schreckliche Bewaffnung und überragenden
Militärtechnologien, mit denen sie andere Völker einschüchtern oder
andere Sternensysteme erpressen konnten.
„Man sollte eure Spur zurückverfolgen und eure Heimat überfallen, so
wie ihr es schon mit anderen Welten getan habt!'' war das Letzte, was
der Rebellenführer in seinem Zorn noch rufen konnte.
Der Himmel verdunkelte sich, die glühende Sonne war bereits
untergegangen. Ein heulender Herbstwind wehte durch die
Landschaft, der den Klang eines gequälten Geistes hatte – die
gepeinigte Seele eines abgedienten Freiheitskämpfers, der sein Leben
im Kampf um Neo City längst verloren hatte. So als ob die abendliche
Dunkelheit ihm einen Energieschub verliehen hätte, entriss er sich
plötzlich seiner Handfesseln und stürzte sich energisch auf den
Rebellenführer, dem er zuvor seelenruhig gegenüber saß. Beide
stürzten wuchtig zu Boden, der Tisch zwischen ihnen wurde dabei
krachend umgekippt. Sie rollten sich mehrfach am Boden und stießen
in ihrem wilden Handgemenge eine Tischlampe um, die am Boden
zersplitterte. Es wurde nun auch im Raum stockfinster.

„Holt Verstärkung!" rief der Rebellenführer seinen Gefährten zu, kurz darauf ertönte ein krächzendes Röcheln. Als seine beiden Gefährten in den Raum zurück eilten und einer seine Taschenlampe anknipste, erblickten sie ihren Befehlshaber, der mit seinem eigenen Stirnband erdrosselt wurde und mit entsetzter Mimik und aufgequollenen, geröteten Augen zu ihnen starrte. Der Lichtkegel fiel danach auf das Gesicht des Gefangenen, der von der Leiche abließ und seinen Griff an dem Stirnband löste. Der tote Befehlshaber kippte zu Boden und sie erblickten für einen Augenblick ein verschwitztes Gesicht, bei dem die Zähne vor Wut zum Vorschein kamen.

Der waffenlose Angreifer schnappte sich rasch das blaue Stirnband seines Opfers und rannte los. Er sprang durch ein geschlossenes Fenster, das dadurch augenblicklich in klirrende Scherben zersprang. Drei grüne Strahlen einer Schusswaffe verfehlten ihn und zischten durch die Dunkelheit, bis sie irgendwo knisternd aufprallten.

Der außerirdische Krieger rannte weiter und verschwand in der abendlichen Finsternis wie ein unscheinbarer Schatten, der in der Dunkelheit kaum auffiel.

„Hinterher!" rief einer der hiesigen Widerstandskämpfer, der Raum hatte sich nun mit fünf weiteren Männern gefüllt, die ihre skeptischen Blicke zum demolierten Fenster warfen, das von der Taschenlampe beleuchtet wurde. Die weißen Vorhänge daran flatterten wie Gespenster durch den Wind. Sie umspannten ihre Handfeuerwaffen und nahmen die Verfolgung auf. Nach fünf Minuten jedoch blieben sie abrupt stehen, nachdem sie zuvor durch die Weide rannten.

Sie schnauften leise und erblickten mit Fassungslosigkeit einen dicklichen Flieger, der langsam brummend abhob und mit einem gewaltigen Stoß blitzschnell davon sauste, wobei die Turbinen in einer hellblauen Farbe glühten. Es bestand kein Zweifel, dass der Gefangene rechtzeitig von seinen Kameraden abgeholt wurde.
Die einheimischen Rebellen warfen sich ratlose Blicke zu. Erstmals entstand unter ihnen der Verdacht, dass ihre Feinde über telepathische Fähigkeiten verfügten, da der Gefangene zuvor keine Gerätschaften mehr bei sich trug und man offenbar trotzdem konkrete Kenntnisse über seine erfolgreiche Flucht und seinen Aufenthaltsort hatte.
Sie hatten ihn auch zuvor gründlich gefilzt und sogar seine Ohren durchsucht. Vielleicht hatte er auch eine Art Chip unterhalb der Haut implantiert, durch den man ihn jederzeit orten konnte; sie wussten es nicht. Sie wurden den Verdacht nicht los, dass das ganze Volk dieser militanten Eroberer miteinander mental vernetzt war.
Der außerirdische Krieger hockte im abgedunkelten Rumpf des Fliegers auf einer Art metallischen Sitzbank und hielt immer noch das blaue Stirnband stolz in der Hand. Nachdem er es für einen Moment nachdenklich angestarrt hatte, band er es sich wie eine Schleife um den Oberarm und lächelte dabei sanft. Eine kleine Trophäe nach einem siegreichen Kampf. Er kämpfte wie ein bissiger Höllenhund und hatte den eisigen Scharfsinn einer Giftschlange.
Dank dem Einschreiten seiner Kameraden entkam er aus der Gefangenschaft der hiesigen Partisanen. Die Kenntnis über seine Flucht blieb ihnen weiterhin ein Rätsel.

Kapitel 10 Im Fadenkreuz

Tenko trug eine schwarze Lederjacke und ein rotes Halstuch, mit dem er seine untere Gesichtshälfte zeitweise verschleierte. Zudem trug er fingerfreie, dunkelgraue Handschuhe und eine hellgraue Hose, die langsam ausleierte. Taskan trug einen hellbraunen Poncho über seinem feldgrauen Shirt und seine Feuerwaffe steckte in einem Lederholster, den er sich um die Hüfte geschnallt hatte. Sobald Taskan schlief, hatte er seine kleine Kanone dabei fest umklammert. Die Zeiten hatten sich schlagartig verändert. Er vertraute nur noch sich und seiner Waffe. Ihre friedvolle Idylle nahm ein Ende und sie wurden erstmalig mit einem gewaltigen Krieg konfrontiert, den sie überleben wollten. Sie kämpften nicht länger für Kanzuma oder Neo City, sondern nur noch ums nackte Überleben. Sie wollten den Invasoren ihren Heimatboden nicht kampflos überlassen. Sie waren Kämpfer des Lichtes und ihr kleines Wolfsrudel war der letzte Hoffnungsfunken einer Flamme, die längst erloschen war. Sie waren mit den erwachsenen Rebellen bzw. ihren Vätern nicht vernetzt und demnach auf sich allein gestellt. Die jugendlichen Bewohner und Kinder von Neo City fanden in ihrer Gruppe gewissermaßen Rückhalt und ein bisschen Geborgenheit – doch ihr Anführer, Tenko Kamira, konnte nicht für ihre Sicherheit garantieren. Er wies ausdrücklich darauf hin, dass sie rund um die Uhr in Lebensgefahr schwebten und den Invasoren eindeutig unterlegen waren. Sie hatten sich in den Tiefen der Forsten zurückgezogen und ein provisorisches Camp errichtet. Sie wollten einer Gefangenschaft dieses sogenannten Imperiums unbedingt entgehen. Sie wollten lieber sterben anstatt als deren Sklaven zu enden. Bis zum letzten Atemzug wollten sie verbissen für ihre bedrohte Heimat kämpfen und erbitterten Widerstand leisten. Ein brüderlicher Zusammenhalt zwischen Jugendlichen, die schon fast alles verloren hatten. Taskan röstete einen dicken Käfer inmitten der Flammen, den er mit einem Ast aufgespießt hatte. Er hoffte, dass die Luftstreitkräfte der Black Viper oder Blood Falcon ihr notdürftiges Lagerfeuer nicht bemerkten. Zuvor hatten sie zeitlich kaum die Gelegenheit, ausreichend Proviant zu sichern, von dem es innerhalb der demolierten Stadt garantiert noch etwas gegeben hätte. Einer unter ihnen, der seinem Aussehen zufolge höchstens 15 Jahre alt war, öffnete für sich eine schmale Büchse, in der sich eine dunkelrote Brühe befand, die lediglich mit gepresstem Gemüse angereichert war. Sie hatten zudem noch vertrocknete Brote bei sich, die sie sich jedoch einteilen mussten. Ihre Verpflegung war spärlich und teilweise ungenießbar. Trotz des warmen Lagerfeuers zitterten die kleinen Hände von Tanka. Tränen liefen über seine Wangen. Er musste zuvor mit ansehen, was mit seiner Familie in Neo City geschah. Dies erschütterte ihn bis ins Mark.

Er konnte es immer noch nicht begreifen, weshalb dies alles geschah.
Taskan legte ihm eine warme Decke über die Schultern und klopfte
ihm an den Hinterkopf.
„Halte durch, Tanka, wir sind für dich da und lassen niemanden im
Stich. Du bist nicht allein in dieser Zeit" sprach Taskan. Tanka
schluckte tief „ich bin der einzige Überlebende unserer Familie"
bestätigte Tanka. Taskan nickte und biss in den gerösteten Käfer, den
er zuvor gefangen hatte. Tenko hockte sich Tanka gegenüber und
wärmte seine braungebrannten Hände am knisternden Lagerfeuer.
„Die wollen uns mit diesen Gräueltaten systematisch einschüchtern
und erhoffen sich damit, dass wir uns dadurch freiwillig ergeben.
Aber das werden wir ihnen noch tausendfach heimzahlen, lasse jetzt
bloß den Kopf nicht hängen, Tanka" sprach er auf ihn ein. Um seine
Schulter hing ein hölzerner Langbogen samt einem Köcher, in dem
sich noch etwas mehr als zwei Dutzend Pfeile befanden. Er brauchte
etliche Stunden, um diese altertümliche Bewaffnung anzufertigen.
Ihre Bewaffnung war teilweise rudimentär und im Vergleich zu den
Hochtechnologien und der mächtigen Ausrüstung der Invasoren
absolut lächerlich.

Tenko erklomm eine Fichte, die bis zu 75 Metern in die Höhe ragte.
Er hatte keine Höhenangst. Sie alle waren bereits tief gefallen. Doch
wer am Boden lag, der konnte nicht mehr fallen. Sie hatten nichts
mehr zu verlieren. Sie waren womöglich das letzte kleine Aufgebot
gegen die Black Viper und ihre Schergen. Er blickte skeptisch durch

sein Fernglas. Er sichtete etliche Aufklärungsschiffe des Feindes, die immer noch wie Raubvögel über Neo City kreisten. Die dreieckigen Raumschiffe, die eine pechschwarze Lackierung und feuerrote Leuchten an der Unterseite hatten. Manche Gebäude standen immer noch in Flammen, welche die Silhouetten der Häuser umrahmten und die finsteren Ruinen nachts erhellten. Die Seen glühten immer noch in einer unheimlichen, neongrünen Farbe. Die Flüsse und Seen wurden anscheinend mit nuklearen Bomben kontaminiert. Zugang zu sauberem Trinkwasser gab es somit nicht mehr. Nur noch im hiesigen Untergrund gab es noch Behälter mit Mineralwasser und hunderte Kisten mit Trinkflaschen, doch diese konnten auch nicht ewig für alle ausreichen.

Taskan wartete gespannt auf Tenko und hatte seine Axt über die Schulter gelehnt. Hektisch kletterte Tenko die Äste herab. Sein Puls stieg. Als er unten ankam, blickte er seine Gefährten schnaufend an. „Die schwärmen aus und eines der Aufklärungsschiffe bewegt sich direkt auf unsere Wälder zu" bestätigte der jugendliche Partisan mit dem Halstuch.
„Mit der Geschwindigkeit wird es in wenigen Minuten hier sein!" meinte Tenko. Mit grimmiger Mimik krallte sich Kira an ihr Gewehr, das ihr Tenko zuvor übergab. Taskan spuckte auf den Boden.
Nun wurde es brenzlig.

15 Minuten später…

Tenko und seine Gefährten flitzten wie eine aufgeschreckte Gruppe von Mäusen durch den Nadelwald. Das rabenschwarze Aufklärungsschiff kam immer näher. Sie machten sich auf das Schlimmste gefasst. Das Schiff verfügte über eine Infrarotsicht bzw. Wärmebildkameras und konnte sämtliche Lebensformen am Erdboden somit ausmachen. Als es sich über ihnen befand, öffnete sich an der Oberseite des Schiffes eine Luke. Das Raumschiff stoppte und schwebte regungslos und lautlos über den Bäumen. Tenko blieb kurz stehen und blickte schnaufend in den Nachthimmel. Er wurde nervös, da er die Taktik und Vorgehensweise des Feindes nicht richtig einschätzen konnte. Die roten Scheinwerfer an der Unterseite wurden plötzlich ausgeknipst, die einen Teil des Waldes zuvor in einer blutroten Farbe erleuchteten und wie einen Mantel einhüllten. Der Wald versank wieder in der nächtlichen Finsternis. Eine gepanzerte Gestalt, die eine schwarze Rüstung trug und 7 Fuß groß war, stieg aus der Luke heraus. Der furchterregende Krieger lief zum Rand des Schiffes und beugte sich, als er aufmerksam nach unten blickte. Dabei legte er seinen rechten Unterarm lässig auf sein Knie. Sein Helm bedeckte alles bis auf den Mund und Unterkiefer. Ein roter Schlitz leuchtete an der Stelle, wo sich seine Augen befanden.

Der schwarze Ritter, so wie seine Einheit auch genannt wurde, verfügte über einen integrierten Nachtsichtmodus an seinem Helm. Über eine Infrarotsicht, die das Raumschiff hatte, verfügte er jedoch nicht. Plötzlich piepte etwas an seinem rechten Armgelenk. Er richtete sich langsam auf und winkelte seinen Arm an, den er sich vor die Lippen hielt. „Zero 4, hier spricht Leutnant Kataro. Bei den 29 Lebensformen handelt es sich eindeutig um Einheimische, es sind keine Tiere, wie sie zuvor dachten. Es waren vorher weitaus mehr, aber einige sind bereits entkommen und haben sich entfernt. Sie sind überall verstreut" wurde ihm mitgeteilt. Es entstand Hektik unter ihnen und Tenko hatte keine Kontrolle mehr über seine Gefährten, sie eilten in unterschiedliche Richtungen und verschwanden aus seinem Blickwinkel. Manche bekamen es anscheinend mit der Panik zu tun. Zero 4 nickte. „wie soll ich verfahren?" fragte er schroff. „Verfolgen sie diese Meute. Versuchen sie so viele wie möglich einzufangen. Ich möchte mindestens fünf Überlebende, damit wir sie zur Rede stellen können. Es sind wahrscheinlich ehemalige Bewohner der Stadt, die in die angrenzenden Wälder geflüchtet sind. Ihrem körperlichen Aufbau nach handelt es sich vermutlich überwiegend um Halbwüchsige" sprach sein Leutnant. „Habe verstanden, geben sie mir eine halbe Stunde" raunte er. „Eine halbe Stunde?" fragte der Leutnant verdutzt. Der schwarze Ritter lächelte bitter. „Ratten sind zäh und flink" kommentierte er. Der Riese beendete den Funkkontakt und bereitete sich auf seine zugewiesene Mission vor. Er aktivierte seine Tarnvorrichtung.

In der Finsternis waren nur noch seine schemenhaften Umrisse zu erkennen. Tenko blieb stehen und spannte seinen Bogen. Er schoss einen Pfeil ab, der an der Panzerung des schwarzen Ritters abprallte und augenblicklich zerbrach. Er gab etliche Schüsse aus seinem Handgelenk ab. Ein Baum fing Feuer und ging knisternd in Flammen auf. Tenko spannte einen zweiten Pfeil ein und schoss ihn nach dem Feind. Doch es war zwecklos. Auch dieser zerbrach an der Panzerung, diesmal am Helm des schwarzen Ritters. Tenko hielt den Atem an. Hinter einem der Bäume trat huschend eine Person hervor, die sich dort zuvor verschanzt hatte und nicht bemerkt wurde. Aufgrund der geringen Größe musste es sich ebenfalls um einen jugendlichen Bewohner handeln. Er zündete einen Sprengkörper an der Lunte an und rannte dem schwarzen Ritter entgegen. Zwei Schüsse verfehlten Tenko und schlugen vor seinen Füßen in der Erde ein. Tausende Erdkörner flogen umher und prasselten auf seine Schultern. Tenko stand dort wie angewurzelt. Der Bursche befestigte den Sprengkörper mit einem Klebestreifen an dessen Rücken, was er jedoch sofort bemerkte. Er holte aus und verpasste dem Burschen einen harten Schlag. Er flog etliche Meter durch die Luft und landete unsanft auf seinem Rücken. Die Zündschnur war nach wenigen Sekunden abgebrannt. Dem schwarzen Ritter gelang es noch, den Sprengkörper von seinem Rücken zu entfernen und hielt ihn in der rechten Hand. Er wollte ausholen und diesen nach Tenko schmeißen, doch dafür war es zu spät. Der Sprengkörper, der einer Stange ähnelte, detonierte bereits.

Es zerriss ihn in hunderte Stücke, nachdem man einen ohrenbetäubenden Knall hörte. Der Helm rollte Tenko vor die Füße, er war für eine Weile sprachlos. Der hilfsbereite Bursche richtete sich ächzend vom Erdboden auf und griff nach seiner Nase, die gebrochen wurde. Er wischte sich das Blut aus dem Gesicht, spuckte zu Boden und näherte sich langsam Tenko. Das dreieckige Aufklärungsschiff verließ die Stelle, an der ihr schwarzer Ritter kläglich gescheitert war. Die jugendlichen Widerstandskämpfer reagierten darauf mit einem Jubeln. Ein kurzer Augenblick der Freude inmitten der Notlage. Sie jubelten erfreut und streckten ihre Arme samt den Waffen in die Höhe, als das Raumschiff langsam davon trudelte. Womöglich befand sich lediglich ein schwarzer Ritter zuvor an Bord, da sich das Schiff nun rasch entfernte. Tenko lächelte für einen Augenblick. Der Bursche trug eine schwarze Stoffhose und ein gelbes, ärmelloses Unterhemd, was ihn sportlich aussehen ließ. Er hatte ein rotes Stirnband umgebunden. Er lief Tenko entgegen und drückte ihm die Hand.
Er war höchstens 16 Jahre alt. Es war der gleiche Junge, der Kiron zuvor in den Ruinen von Neo City half, als dieser von der riesigen, mechanischen Spinne bedroht und verfolgt wurde. „danke für dein plötzliches Einschreiten" murmelte Tenko. „Ich bin Tirak Silan aus Neo City" stellte er sich vor.
„Wir sind alle aus Neo City, ich habe dich noch nie gesehen" meinte Tenko und beäugte ihn mit nachdenklicher Miene.
Tirak lächelte amüsiert. „Eine gigantische Metropole, man kann nicht jeden kennen" entgegnete Tirak. „Wirst du dich uns anschließen?"

fragte Tenko gespannt. Tirak blickte sich um. Er warf einen kurzen wütenden Blick auf die zerfetzten Überreste des schwarzen Ritters, den sie überwältigen konnten. „Mir bleibt keine andere Wahl“ willigte er schließlich ein. Starke Windböen ließen ihre Stirnbänder flattern. Aufgewirbelte Laubblätter flogen an ihnen vorbei. Tirak schloss für einen Moment seine Augen und hielt inne. Als er seine Augen wieder öffnete, blickte er zu dem Firmament, in dem das Sternenzelt glitzernd funkelte. Seine Augen wurden nass. „Ich bewundere die prachtvolle Schönheit unseres einzigen Planeten…ich werde ihn bis zum letzten Atemzug verteidigen“ sprach er mit leiser Stimme. Tenko nickte. Taskan stand abseits an einem Baum gelehnt und hatte die Arme dabei verschränkt. Tirak spuckte auf den Boden und verspannte grimmig seine Miene. „Außerdem habe ich alles verloren…ich betrat vor drei Tagen unser kleines Anwesen…meine Eltern baumelten mit geknebelten Händen unter der Decke am Strick. Von meiner kleinen Schwester fehlte jede Spur. Wir haben es hier mit abgebrühten Kriegsverbrechern zu tun“ schilderte er mit trübsinniger Miene. Seine sehnigen Arme waren angespannt. Sein dichtes, braunes Haar war vom Wind zerzaust. „Wir haben immerhin das Glück zu den Überlebenden zu gehören. Wir konnten diesem tödlichen Chaos entfliehen. Nun müssen wir unseren Kampf fortführen“ sagte ihm Tenko. Taskan trat hervor und verließ den breiten Baum. Tirak blickte mit halboffenen Augen zu ihm und schnaufte kurz. Er war sichtlich angespannt und man konnte es nachvollziehen, dass er schlechte Laune hatte. Auf einen Schlag hatte er alles verloren.

„Wir sind keine Patrioten, wir kämpfen nur noch ums nackte Überleben‘‘ betonte Taskan. Tirak nickte zustimmend.
„Ich möchte dem Feind möglichst großen Schaden zufügen, denn neben dem Überlebenswillen treibt mich nur noch die Rache an‘‘ betonte Tirak. Doch sie alle ahnten, dass sie nicht mehr viel ausrichten konnten und ihre lebensgefährlichen Aktionen gegen diese furchterregende Übermacht leider nur noch marginale Nadelstiche waren, die ihre Widersacher verkraften konnten oder sogar belächelten. Das letzte Aufbegehren einer verlorenen Clique von versprengten Teenagern, die ihre Ängste verbergen konnten.
Sie befanden sich nun in der Endphase ihres aussichtslosen Abwehrkampfes. Sie wurden das Gefühl nicht los, dass sie mit ihnen spielten wie die Katze mit einer Maus. Doch mit fanatischer Kampfbereitschaft und dem ungebrochenen Willen zum Widerstand ertrugen und verdrängten sie die Schmerzen, die Narben auf ihren Herzen und tiefe Wunden in ihren Seelen hinterließen.
Der schicksalhafte Todeskampf eines unschuldigen Volkes und der katastrophale Untergang eines wunderschönen Planeten waren augenscheinlich nicht mehr abzuwenden. Herbeigeführt von einem kolossalen Geschwader, das ihren Himmel verdunkelte und mit seinem unheilbringenden Schatten den letzten Lichtschimmer eines freien Volkes samt seiner stolzen Metropole verschlang.

Zwei Stunden später…

Tirak hockte sich Tenko gegenüber, worauf Tenko ihn anblickte und
er den Qualm seines Joints aus den Nasenlöchern wie eine Dampflok
ausstieß. Eine kleine Rauchwolke verschleierte für eine Weile sein
Gesicht. Tirak nahm ein kleines Stück Schokolade aus seiner Hose.
Mit grimmiger Miene biss er in die Zartbitterschokolade.
„Willst du auch mal ziehen?" fragte Tenko freundlich.
Tirak schüttelte ablehnend den Kopf.
„Ich halte nichts von Rauschgift, auch nicht in Anbetracht der heiklen
Lage, in der wir uns befinden" erwiderte Tirak Silan.
Tenko nahm einen weiteren Zug von dem Joint, wobei die Spitze
glühte und ein würziger Duft freigesetzt wurde.
„Ich genieße jeden einzelnen Zug von diesem Tütchen, es könnte
mein Letzter sein. Weil ich nicht weiß, wie lange ich noch überleben
werde" sprach Tenko und lächelte ein bisschen.
Tirak spuckte auf den waldigen Erdboden und knackste mit den
Fingerknöcheln.
„Weißt du, bei mir ist das mittlerweile fast schon Gleichgültigkeit.
Sollen diese Schweine doch kommen, ich bin vorbereitet und werde
bis zum letzten Atemzug Widerstand leisten. Ich jedenfalls habe alles
verloren, ich habe keine Angst zu sterben" entgegnete Tirak.

Plötzlich hockte sich Taskan zu ihnen und blickte beide abwechselnd an. Tirak nahm den letzten Bissen von seiner Zartbitterschokolade und rieb sich die Handinnenflächen.
„Was sind das nur für Wesen? Schlimmer geht's nicht, ich glaube es gibt in der gesamten Galaxis nichts Schlimmeres als sie" sprach der kleine Junge. Er hatte ebenso wie Tirak Silan seine Eltern verloren.
„Es ist schon seltsam, also als ich noch ein kleiner Junge war und nachts in den Sternenhimmel blickte, fühlte ich mich schon damals irgendwie beobachtet" sprach Tirak Silan mit leiser Stimme.
Tenko blickte zu Tirak und nickte mehrfach.
„Ich will gar nicht wissen wie viele Welten die schon vernichtet haben" sagte Tenko dazu.
„Ich möchte es erreichen, dass sie unser Wolfsrudel fürchten" murmelte der kleine Taskan. Tirak musste kurz auflachen.
„Das kannst du vergessen, Junge. Für die sind wir ein desorganisierter Kindergarten. Sie werden uns mühelos abschlachten, einem nach dem anderen. Tut mir leid, aber wir sollten die Lage besser realistisch einschätzen" entgegnete Tirak Silan. Er richtete sich nun auf.
„Sie führen einen Krieg gegen Zivilisten und kennen keine Gnade. Sie haben uns Elend und Not gebracht. Jeder, der sich widersetzt und zum Widerstand geht, wird gejagt und umgebracht. Unser Planet hatte niemals ein eigenes Militär, wir sind ein pazifistisches Volk" sprach Tirak. Tenko nickte zustimmend.
„Ja…leider" antwortete er wispernd.

Ein lautes Rauschen ließ sie allesamt aufhorchen.
„Hört ihr das?" fragte Taskan flüsternd. Tirak nickte.
„Lass uns mal nach dem Rechten sehen" schlug Tenko vor.
Sie liefen zu dritt los und entfernten sich für eine Weile vom Rest der Gruppierung. Sie liefen fast eine halbe Stunde durch den Wald, bis sie einen Erdhügel erreichten, sie krochen langsam nach oben. Tatsächlich war ein Konvoi der Invasoren unterwegs, die es mittlerweile anscheinend auch auf die Wälder abgesehen hatten. Womöglich bekamen sie Wind von den jugendlichen Partisanen und wollten diese verfolgen.

Taskan blickte vorsichtig durch das Fernglas, das Tenko ihm zuvor nickend in die Hand drückte. Aus einem Abteil des Konvois stieg ein offenbar junger Mann aus, der eine pechschwarze Uniform trug. Er war drahtig und ungefähr sechs Fuß groß. Er hatte feuerrote Haare, eine schneeweiße Haut und trug eine eckige Brille, die so weiß war, dass man seine Augen nicht sehen konnte. Seine Lippen waren rot und schmal. Er strahlte eine eisige Kälte aus. Ein gespenstisches Erscheinungsbild. Ein Offizier mit einer schwarzen Schirmmütze lief auf ihn zu und verneigte sich, als er ihm die Hand drückte. Dies waren die Menschen, die ihnen systematisch den Heimatboden raubten. Militant und furchterregend. Schleichend und meuchelnd wie eine bissige Natter durchquerten die Truppen Gebiet für Gebiet; vom Tal bis zu den Bergen, von der Großstadt bis in die Wälder.

Der alte Hellseher kannte sie bereits, er sah sie angeblich in seinen wiederkehrenden Albträumen, die ihn nachts heimsuchten und erschütterten. Das abgrundtiefe Böse, das man auf Kanzuma nicht kannte, bündelte sich an einem bestimmten Ort innerhalb der Galaxis und schwärmte nun in sämtliche Richtungen aus. Noch wussten sie nicht, woher sie kamen. Vielleicht wollten sie es auch gar nicht wissen. Nun waren sie da und offenbar nicht mehr zu stoppen.

Kurz vor Mitternacht…

Es war diesmal ein kalter Herbstanfang, was Tenko und seine Gefährten dazu veranlasst hatte, an manchen Abenden ein Lagerfeuer zu entzünden. Graue Wolken verdeckten die Sonne und ein feuchtkalter Nebelschleier durchzog die finsteren Nadelwälder, in denen sie sich wie verwegene Guerillas verschanzten. Tenko machte eine grausige Entdeckung, die ihn später noch persönlich zutiefst belasten sollte. Es war kurz vor Mitternacht und vereinzelt hörte man noch wenige Vögel, die mit einem traurigen Gesang zur unheildrohenden Nacht einstimmten. Er vernahm eine fremdartige Sprache, die von einem Mann stammte. Er warf sich sofort auf den Erdboden und kroch in eine Hecke. Taskan und Tanka nickten sich wortlos zu und zu folgten ihrem Anführer. Tenko warf nun langsam einen neugierigen Blick durch sein Fernglas und sichtete bis zu sieben erwachsene Partisanen, die in einer Reihe dicht nebeneinander standen. Ihre Augen waren durch die eigenen Stirnbänder verbunden und ihre Hände am Rücken geknebelt. Tenko stockte der Atem, er öffnete fassungslos seinen Mund, als er seinen Vater inmitten der Reihe nach einer Weile erkennen konnte. Er konnte ihn trotz des Schleiers um die Augen und der Entfernung von ungefähr 200 Metern durch sein Fernglas erkennen. Er sichtete einen feindlichen Offizier, der eine schwarze Schirmmütze trug und bis zu acht Soldaten, die den wehrlosen Widerstandskämpfern bewaffnet gegenüberstanden und auf die Anweisungen ihres Befehlshabers warteten. Anscheinend sollten sie standrechtlich erschossen werden. Tenko verlor die Fassung und drehte beinahe durch. Seine beiden Freunde mussten ihn beherzt zurückhalten. Er warf sein Fernglas mit voller Wucht auf den Boden und schlug wild um sich, als er von seinen beiden Freunden festgehalten wurde. Sie hielten ihm den Mund zu, da er offensichtlich eine Bemerkung schreien wollte.

„Wir dürfen nicht auffallen, es ist zu gefährlich" flüsterte Taskan ihm zu. Er kannte seinen Vater nicht und ahnte nicht, dass er sich unter den Männern befand. Tenko beruhigte sich langsam wieder, er hatte sich damit abgefunden, diese erbarmungslose Hinrichtung nicht verhindern zu können. Er zitterte vor Wut, seine Mimik verkrampfte sich. „Diese herzlosen Monster" raunte er.

„Anlegen!" schrie der hochgewachsene Offizier der Black Viper.

„Und Feuer!" fügte er wenige Sekunden später hinzu.

Feuerrote Lasergeschosse erhellten die eisige Nacht für einen
Augenblick. Die sieben Männer brachen zuckend zusammen und
rührten sich nicht mehr. Ihre Oberkörper qualmten wie Zigaretten.
Sie waren anscheinend auf der Stelle tot. Der Kommandeur überprüfte
dies und trat nach einigen unter ihnen, um sich zu vergewissern, dass
sie auch allesamt wirklich tot waren. Einer von ihnen krächzte noch
leise und krümmte sich am Boden. Der Offizier bekam eine grimmige
Miene, lief zu ihm heran, zückte seine Handfeuerwaffe, die zuvor in
seiner Koppel steckte und verpasste ihm einen präzisen Kopfschuss.
Taskan hatte genug gesehen. „Wir müssen sofort verschwinden‘‘
knurrte Taskan und biss sich mit wütender Mimik auf die Lippen, als
er am Waldboden entlang robbte. Er klopfte Tenko auf die Schulter
und deutete auf das Fernglas, das er vom Erdboden aufheben sollte.
Er hätte es beinahe vergessen, so durcheinander war er. Tenko folgte
ihnen und robbte geschwind hinterher. Er schluchzte und rieb sich die
Tränen aus den Augen; dieser grauenhafte Anblick grub sich
garantiert tief in sein Gedächtnis und sollte ihn noch lange Zeit
verfolgen wie auch schlaflose Nächte bereiten. Sein Hass steigerte
sich durch diesen tragischen Zwischenfall. Mit rigorosem Vorgehen
und eiskalter Zielstrebigkeit gelang es diesen Invasoren, andere
Welten zu unterwerfen, dachte sich Tenko. Das erste Mal in seinem
Leben empfand er für etwas Verachtung. Der Offizier nickte seinen
ihm unterstellten Einheiten zu und sie verließen ebenfalls die Stelle im
Wald, wo die Rebellen, so wie die Angehörigen der Black Viper sie
nannten, von ihnen gnadenlos liquidiert wurden.

Tenko, Taskan und Tanka liefen inzwischen gemeinsam durch die nächtliche Finsternis und begaben sich auf die Rückkehr zum Rest der waghalsigen Gruppierung. Eine Aufstellung von minderjährigen Partisanen, die der Mut noch nicht verlassen hatte. Der Nadelwald wurde also auch inzwischen von den Invasoren heimgesucht.
Man war nirgends mehr sicher. Der gigantische Schatten dieser finsteren Streitmacht expandierte fast überall. Taskan bekam eine nachdenkliche Miene.
„Ist euch schon aufgefallen, dass die alle rotes krauses Haar und feuerrote Augen haben?" fragte Taskan plötzlich. Tanka nickte.
„Ja, aber sie sind Menschen wie wir" sagte Tanka dazu.
„Genauso sterblich und verwundbar wie wir" flüsterte Tenko.
„Kanntest du etwa jemanden unter den Männern?"
fragte Taskan seinen Gefährten. Tenko kickte wütend einen Stein von sich.
„Ja, ich konnte meinen Vater erkennen" antwortete er ihm mit Tränen in den Augen. Taskan erschrak sich. Tanka hatte seine komplette Familie bereits verloren.
„Es sind kaltherzige Teufel…" murmelte Taskan.
Sie näherten sich ihrem provisorischen Camp. Saba blickte zu ihrem Cousin und nahm dabei einen kräftigen Schluck von dem Fusel, den sie zuvor rechtzeitig mitnehmen konnte, als Neo City zerstört wurde. Kira saß ihr gegenüber und drehte ihren Kopf zu den Ankömmlingen.
„Wir stecken tief in der Klemme, irgendwann werden sie uns finden" sagte Tenko seiner Cousine, die darauf einfach nur stumm nickte.

„Ich werde mich aber niemals ergeben‘‘ fügte er hinzu.
Taskan hatte plötzlich eine Idee. Er blickte zu Tenko.
„Hast du jemals von dem Schicksalsberg gehört?‘‘
Tenko nickte. „Ja, aber ich war noch nie dort. Was ist damit?‘‘
„dort soll ein uralter Hellseher wohnen‘‘ erläuterte Taskan.
„ Ja und?‘‘ nuschelte Tenko desinteressiert.
„Vielleicht weiß er mehr als wir. Vielleicht kann er uns erzählen, wer
die sind und woher sie kommen‘‘ wurde gemunkelt.
„Das wird die Lage auch nicht bessern‘‘ sprach Tanka dazwischen.
„Ich möchte aber aufgeklärt werden über die kranke Scheiße, die hier
abläuft und sich täglich verschlimmert‘‘ entgegnete Taskan.
„Wie weit ist es zu diesem Gebirge?‘‘ fragte Tenko schließlich.
„Ungefähr 15 Kilometer‘‘ bestätigte Taskan.
„Einverstanden…‘‘ hörte man von Tenko.

Vier Stunden später

„Nichts als Zeitverschwendung‘‘ brummte Tenko genervt.
Sie konnten die Hütte des vereinsamten Hellsehers entdecken, der in
den Bergen lebte, da sie zuvor den Rauchwolken folgten, die
anscheinend durch einen Schornstein verursacht wurden.
Eine schwarze Antenne, die fast drei Meter senkrecht in die Höhe
ragte, befand sich auf dem Dach.

Aus einem Schornstein stieg dunkler Qualm heraus, den sie zuvor
bemerkten. In den Bergen war es kälter als im Tal oder in Neo City.
Tenko blickte genervt zu Taskan und klopfte einen kurzen Moment
später an der Tür der Hütte. Er hielt nicht viel von seiner Idee.
„Jemand daheim?“ fragte Tenko laut. Es tat sich nichts.
Tenko klopfte erneut mit der Faust an die Tür.
„Er hat zwar eine moderne Antenne am Dach, aber keine Klingel.
Ein sonderbarer Kauz“ sagte Tenko dazu.
Taskan sah sich achtsam um. Sie waren nur zu zweit unterwegs.
Plötzlich kam ein kleingewachsener Greis um die Ecke, worauf
Taskan kurz lächeln musste. Er lief an einem Gehstock und trug ein
schwarzes Gewand mit einer spitzen Kapuze, die auch seine Stirn
verdeckte. Die Morgendämmerung brach langsam an.
Langsam nahm der alte Mann seine Kapuze ab und sie erblickten ein
bärtiges Gesicht mit hellgrünen, geheimnisvollen Augen.
„Wolltct ihr zu mir, Jungs?“ fragte er mit kratziger Stimme.
Tenko und Taskan nickten gleichzeitig.
Der kleine Greis lief gebeugt zur Tür und öffnete sie mit einem
silberfarbigen Schlüssel.
„Kommt herein, folgt mir“ sprach er einladend. Sie folgten ihm.
„Ich habe selten Gäste“ erwähnte er.
„Ich sammelte Kräuter für meinen abendlichen Tee“ murmelte er.
Er zog sein langes Gewand aus und stellte langsam seinen Korb ab, in
dem sich gesammelte Kräuter befanden, die seltsam dufteten.

143

„Was führt euch zu mir?" fragte er sie und baute erstmals
Blickkontakt mit ihnen auf. Taskan und Tenko hockten sich an einen
Tisch. Tenko sah sich mit skeptischer Mimik neugierig um.
Taskan deutete mit dem Zeigefinger auf sein Stirnband.
„Sie haben sicher mitbekommen, was passiert ist" sagte Taskan dazu.
Der Greis schloss für einen Moment krampfhaft seine Augen.
Seine Augenlider zuckten dabei. Langsam nickte er.
„ja, oh ja…sie sind da…sie haben uns gewittert und entdeckt…"
antwortete er. Tenko blickte den Greis nachdenklich an.
„Ja, was wissen sie über diese Brut?" fragte Taskan hastig.
„Ich sehe tiefe Finsternis…sie haben uns Not und Elend gebracht,
weil sie unsere Kultur nicht respektieren" faselte der alte Eremit.
„Welche Finsternis?" fragte Tenko perplex.
„Ihre Heimat ist die ewige Nacht…sie haben keine Sonne in der Nähe.
Sie bevölkern das Reich der Finsternis. Sie sind Kreaturen der Nacht
und haben Herzen aus Stein. Das Gift der Schlange fließt in ihren
Adern, sie sind kaltblütige Krieger und Zerstörer. In ihren roten
Augen lodert das Flammenmeer der Hölle. Sie haben kein Mitgefühl
für schwache Wesen, sie wollen die Galaxis erobern und andere
Völker unterwerfen. Ihr gesamtes Dasein basiert auf Militarismus.
Sie dulden keine Rivalen im Universum und sind auf der Suche nach
neuen Opfern" schilderte er. Taskan war überrascht. Er wechselte
verdutzte Blicke mit Tenko.
„Woher wissen sie das alles?" fragte Tenko perplex.
„Es ist kein Wissen, sondern Intuition" entgegnete der Hellseher.

„Wie bitte? Wie soll ich das verstehen?'' fragte Tenko irritiert.
„Ich träume seit meiner Jugend von ihnen…in einer Vision sah ich, wie sie den Weltraum unsicher machen…dies seit etlichen Jahrhunderten. Sie entsenden Beobachter, bevor sie angreifen. Davon gehe ich aus''. Plötzlich knallte Tenko seine Faust auf den Tisch.
„Verdammt, warum haben sie uns alle nicht vorher gewarnt?'' wollte er wissen. Taskan verschränkte die Arme und hörte aufmerksam zu. Der alte Mann hustete und erwiderte mit halboffenen Augen den vorwurfsvollen Blick des neugierigen Burschen.
„Das hatte ich bereits getan…ich kontaktierte vor ungefähr vier Jahren den Präsidenten von Kanzuma, aber er hielt mich für irre und wollte mir nicht glauben. Er bezeichnete es als Wahnvorstellung und als bedeutungslose Illusion eines senilen Greises'' schilderte der bärtige Mann, der höchstens 150cm groß war. Tenko ärgerte sich.
„So ein Arschloch, unser Präsident'' sagte Tenko dazu grimmig.
„Und nun bricht seine schöne heile Welt auseinander.
Der Präsident wollte es anscheinend nicht wahrhaben, dass außerhalb unseres Sektors solche Gefahren lauern. Kein Hirngespinst, sondern eine Vorahnung hatten sie'' kommentierte Taskan.
Der sonderbare Eremit, der einen Rauschebart und ein Gewand mit spitzer Kapuze trug, entpuppte sich tatsächlich als glaubwürdiger Hellseher. Die beiden wagemutigen Freunde blickten sich weiterhin im Innern des Häuschens um. Sie zeigten enormes Interesse und widmeten diesem alten Einsiedler mehr Aufmerksamkeit als jeder andere zuvor. Tenkos nachdenklicher Blick wanderte durch den

Raum. Er bemerkte kleine Gerätschaften in einer Ecke, die inmitten eines bunten Kabelsalates lagen. Unter anderem lag dort auch ein schmales Mikrofon. Seine Augen drehten sich wieder zu ihrem Gastgeber. Seine Mimik zeigte Neugierde, aber auch Skepsis.
„Welchem Zweck dient eigentlich die Antenne auf ihrem Dach?" fragte Tenko neugierig. Der alte Kauz lächelte kurz.
„Ich habe mich die letzten Monate unzählige Male ins Radio eingeschlichen, um meine Botschaft öffentlich zu verkünden und die Menschen vor diesem Unheil zu warnen" erklärte der alte Hellseher. Beide Burschen nickten zeitgleich. Sie hatten denselben Gedanken.
„Es ist ein Armutszeugnis, dass es nicht mal einen Zuhörer gab, der ihnen das alles glaubte" kommentierte Taskan. Der alte Mann winkte ab. „Niemand hatte mich ernst genommen, sie waren alle eher von meinem Geschwätz genervt" meinte er dazu.
„Ich danke ihnen für diese Auskunft" sagte Tenko ihm.
Der kleine Greis beugte sich nach vorn und blickte sie beide abwechselnd an, er kniff seine Augen zusammen.
Langsam öffnete er seinen Mund und brummte vorher leise.
„Keine Auskunft, auch das sollte eher eine Warnung sein. Ich warne euch, Kinder. Wartet besser bis sie abziehen und flieht solange sie noch hier sind. Versteckt euch irgendwo, sie werden nicht ewig bleiben und keine Wurzeln schlagen. Wählt ihr jedoch den Kampf, so werdet ihr grausam umkommen" sprach er belehrend. Tenko war empört.

„Wir sind doch keine Feiglinge" entgegnete er.
„Das hat mit Feigheit nichts zu tun…das ist Vernunft.
Wenn ihr nicht weiterhin flüchtet oder euch versteckt und sie dann
noch attackiert, werdet ihr alle draufgehen" meinte der
eigenbrötlerische Greis. Taskan stand langsam auf und verließ das
kleine Häuschen. Tenko folgte ihm wortlos. Der Hellseher schloss
seine Augen und senkte den Kopf. Er konnte ihnen das Kämpfen nicht
ausreden.
„Taskan, es ist mein Wille zu kämpfen. Ich lasse mir das nicht
ausreden. Von niemandem" erklärte er. Taskan nickte zustimmend.
„Es wird Zeit aggressiv zurückzuschlagen" erwiderte er. Tenko kniff
seine Augen zusammen und bekam eine hasserfüllte Mimik.
„Die werden uns kennenlernen!" sprach Tenko.
Einst waren sie glückliche Jugendliche, die in Frieden leben wollten
und jegliche Gewalt ablehnten. Doch die Black Viper und ihre
galaktischen Verbündeten Blood Falcon hatten ihre Träume zerstört.

Tanka hockte auf einem Baumstamm und betrachtete schweigsam
seinen Dolch, auf dessen Schneide sich seine traurigen Augen
spiegelten. Er hatte immer noch das grauenhafte Bild vor Augen, als
er die verschmorten Skelette seiner Angehörigen in den Trümmern
seines Anwesens sichtete. Sie alle bemerkten nun die Rückkehr von
Tenko und Taskan. Kira schälte sich gerade einen saftigen Apfel mit
ihrer Klinge, den sie mit gierigen Augen anstierte.

Ihre Vorräte neigten sich dem Ende. Manche unter ihnen waren bereits abgemagert. Der alte Hellseher wollte ihnen von einer Gegenwehr abraten, da er es hinsichtlich ihrer körperlichen Verfassung und der spärlichen Ausrüstung als zwecklos erachtete. Ihr Grundwasser wurde offenbar nuklear kontaminiert, ihre Heimatstadt lag in Schutt und Asche und die feindliche Kriegsflotte entsandte sowohl Bodentruppen als auch Aufklärungsschiffe, welche die Sektoren absuchten. Sie wurden in die Enge getrieben und mussten sich mit begrenzten Mitteln zur Wehr setzen. Doch ihren Zusammenhalt konnte niemand brechen. Sie wollten alle nur eins; Vergeltung!

Der Hellseher hatte sich in seiner bescheidenen Hütte zurückgezogen und bereitete sich auf das Ende vor. Der heulende Herbstwind ließ seine Fensterläden klappern. Infanteristen der Black Viper hatten ihn inzwischen aufgespürt. Er stand vor seinem kleinen Häuschen und schlug mit seinem Gehstock unbeholfen um sich, als sie ihm zu Leibe rückten und einkreisten. Sie waren zu viert, ihm war bewusst, dass er kaum etwas ausrichten konnte gegen diese breitschultrigen Hünen, die überdies teilweise gepanzert waren. „Ihr Kreaturen des Teufels, weicht von mir!“ rief er dabei. Sie kamen immer näher, einer ergriff seinen Gehstock und warf ihn lässig hinter sich. Sie vermöbelten ihn mit ihren langen Gewehren, bis er Blut spuckte und ächzend zusammenbrach. „Alter Mann, wo sind diese Strolche, die sich Wolfpack nennen?“ fragte einer der Infanteristen, der ihn am Genick packte und wieder nach oben zog. Mit geschwächter Mimik blickte der Wahrsager ihn an. „Egal wo ihr auch wütet…der Kampfgeist Orions ist unvergänglich…Orion ist das Licht" flüsterte er. Der Infanterist blickte ihn grimmig an und drückte ihm den Lauf seines Gewehres an die Stirn. Im gleichen Moment trat ein fünfter Infanterist aus seiner Hütte und bestätigte seinen Kameraden, dass er dort nichts finden konnte, was relevant oder informativ war. Er erhielt sofort den Befehl, die Hütte niederzubrennen. „Fahrt zur Hölle, aus der ihr gekrochen seid…" flüsterte der Greis und spuckte verächtlich vor ihnen aus. Der ranghöhere Soldat nickte seinem Kameraden wortlos zu. Er betätigte den Abzug. Der Schädel des religiösen Wahrsagers zerplatzte mit einem klatschenden Geräusch. Er kippte auf die Seite, sein offener Hals qualmte wie ein Schlot. Sein Mörder bekam eine eiskalte Mimik, seine roten Augen glühten wie Feuer. Sie alle wollten ihren Imperator nicht enttäuschen, dem sie ewige Treue und Folgsamkeit geschworen hatten. Er nickte seinen Kameraden zu. „uns entkommt niemand…" wisperte er. Die Hütte brannte lichterloh, zuvor warfen sie die Leiche des Hellsehers hinein und schlugen die Tür zu. Sie zogen weiter. Die Hütte fiel scheppernd in sich zusammen, der Schornstein zerbröckelte. Mit stutziger Miene drehte sich der eine Infanterist um und lief langsam zurück zur Ruine. Er bemerkte die Antenne, die verbogen und schief seitlich aus den Trümmern hervortrat und ihm ins Auge fiel. Er griff nach der Antenne und beäugte sie mit nachdenklicher Miene; offenbar war sie ihm vorher nicht aufgefallen, da er sich zu sehr auf den Greis konzentriert hatte.

Ein Junge kam hektisch angerannt, sein Fernglas baumelte an der Brust. Er war außer Atem.

„Was ist los, was hast du gesehen?" wollte Tenko wissen.

„Uns nähert sich ein ganzer Trupp, mit einem Panzer" erwähnte er.

„Wie viele?"fragte Tenko schroff.

„Etwa 200 Mann" bestätigte der Bursche. Er war sichtlich beunruhigt. Tenko nickte seiner jugendlichen Clique zu.

Die Widerstandskämpfer verteilten sich. Manche kletterten auf die Bäume und blickten durch ihre Ferngläser. Sie umklammerten ihre Schusswaffen. Nun wurde es wieder brenzlig.

„Sie steuern direkt auf uns zu!" bestätige ein jugendlicher Freiheitskämpfer.

Sie warteten bis der feindliche Trupp näher kam.

Einer unter ihnen gab einen Schuss ab, als Tenko ihm schweigend zunickte. Ein guter Treffer! Ein Panzerkommandant, der mit dem Fernglas aus der Turmluke zu ihnen schaute, wurde am Kopf getroffen. Sein halber Schädel wurde weggerissen. Er stürzte abwärts und landete im Inneren des Panzers dem Richtschützen vor die Füße. Dies erzürnte den Feind. Alle Militaristen rannten los und nahmen sie ins Visier. Hunderte Schüsse wurden abgefeuert. Der Panzer gab ebenfalls einen schrillen Schuss ab, der wie ein dicklicher, roter Strahl aussah. Er traf einen Partisan, der zuvor auf einen Baum geklettert war. Dieser Schuss war gezielt.

Er zerplatzte wie ein Wasserballon. „Scheiße…'' raunte Tenko
entsetzt, als er dies sah. Der Baum stand in Flammen. Dunkle
Rauchwolken breiteten sich aus, als kurz darauf vier weitere Bäume in
Flammen standen. Ein Jugendlicher Partisan rollte sich schreiend am
Boden, als er qualvoll verbrannte.
Tirak hatte von Beginn an die Aussichtslosigkeit der Lage und die
Überlegenheit des Feindes erkannt. Vor allem wegen der Überzahl.
Im Eifer des Gefechts rollte er sich deshalb unter einen Baumstamm,
um sich darunter zu verstecken. Er wollte warten, bis der feindliche
Trupp abzog und verschwand. Sein Herz schlug ihm bis zum Hals, als
er Schritte hörte und die Beine der Infanteristen in der Nähe sah.
„Schneller! Los! Wir müssen weiter! Schneller!'' hörte er jemanden
rufen. Wahrscheinlich die Stimme eines Truppenführers.
Er wusste nicht, wie viele seiner Gefährten dieses haarsträubende
Gefecht überlebten. Er wartete noch eine halbe Stunde, bis er
niemanden mehr sehen oder hören konnte.
Als er das Versteck verließ, sichtete er etwa zwei Dutzend Leichen
und etliche Bäume, die in Flammen standen. Offenbar konnte Tenko
flüchten, er war nicht unter den Toten. Tirak drückte ihm weiterhin
die Daumen. Wo sollte er nun hingehen? Er hatte seine Perspektive
jedenfalls verloren. Nun wurde ihr Wolfsrudel endgültig aufgerieben.
Vermutlich wurden auch manche verschleppt.
Er hörte währenddessen so viele Schreie und Schüsse, dass er es nicht
mitbekam, wem was genau zustieß. Es war ein Chaos und
Durcheinander, das nur wenige überlebten.

Der Endkampf um Neo City

Ein jugendlicher Partisan, der ein rissiges, graues Unterhemd trug, erklomm eine metallische Leiter, die sich kalt anfühlte und etwas feucht aufgrund des herbstlichen Regenwetters war.
Langsam verfolgte ihn ein roter Lichtkegel, er wurde längst gejagt, nicht nur beobachtet. Es war der Scheinwerfer einer unbemannten Drohne, die eine dunkelblaue Lackierung und einen Durchmesser von zwei Metern hatte. Als er das Dach erreichte, schnappte er sich sein Strahlengewehr, das zuvor mit einem Lederbändel an seinem Rücken hing und 4KG wog. Er war gerade mal 160cm groß und hatte bereits die ersten grauen Strähnen, da er seit Wochen einem erheblichen Nervenkrieg ausgesetzt war und kaum schlief. Langsam stieg die Drohne lautlos aufwärts und nahm ihn ins Visier. Er legte rasch sein Gewehr an und gab zahlreiche Schüsse ab. Funken spritzten kreuz und quer und prasselten knisternd in die Tiefe. Keine Antennen. Kein Insasse. Aber auch keine Schwachstelle? Sein rechter Arm zitterte. Plötzlich öffnete sich eine Luke und es wurde eine Palette bzw. eine Art Arm brummend ausgefahren, der mit fünf feuerroten Raketen bestückt war. Der Bursche weitete seine Augen und erkannte seine Gelegenheit. Er nahm den Arm ins Visier und gab drei Schüsse ab. Die Sprengkörper wurden getroffen und es folgte eine heftige Explosion. Qualmend und surrend sank die Drohne in die Tiefe.

Er rannte davon. Eine halbe Minute später hörte er eine noch lautere Erschütterung, als die Flugdrohne auf die Straße krachte. Er lächelte kaum merklich und gab dem Gewehr einen sanften Kuss. Er hatte keine Angst zu sterben. Er hatte nur Angst davor, seine Heimat zu verlieren. Der junge Untergrundkämpfer gönnte sich eine Verschnaufpause und griff nach seinem Flachmann; der treuste Gefährte eines einsamen Rebellen waren das Gewehr und die Zigarre, die er sich kurz danach anzündete. Er nahm drei Züge hintereinander und pustete den Qualm aus. Fassungslos blickte er gen Nachthimmel, der kaum bewölkt war. Er sah funkelnde Punkte, die kreuz und quer flogen. Es waren keine gewöhnlichen Sterne, sondern Nachzügler der Invasion. Alles schien so aussichtslos. Die verlorene Stadt, die Stadt der Engel, glich einer leblosen Trümmerwüste, umgeben von Invasoren, die teilweise wie furchterregende Berserker auftraten. Bei diesem unsagbaren Horror benötigte man Nerven wie Drahtseile und Herzen aus Stahl. Das Pfeifen einer leuchtenden Fliegerbombe ließ ihn aufhorchen. Er nahm Anlauf und sprang fünf Meter weit über einen Abgrund, um auf dem Dach des benachbarten Gebäudes zu landen und sich dort abzurollen. Es schepperte und das Gebäude stürzte krachend in sich zusammen. Gigantische Staubwolken stiegen aufwärts und vernebelten seine Sicht. Mit zittriger Hand nahm er den letzten Schluck seines Flachmanns und warf ihn in den Abgrund. Dies war ein dummer Fehler. Zwei Soldaten der feindlichen Invasoren liefen durch die Straße und bemerkten den Aufprall des Flachmanns.

Sie schlichen lautlos durch die Straße und trugen schwere Gewehre, die 140cm lang waren. Einer von ihnen hob den Flachmann auf und kniff seine Augen zusammen, was man aufgrund seines hochtechnischen Helms nicht sehen konnte. Er nickte seinem Kameraden zu. Sie betätigten beide zeitgleich zwei Knöpfe an ihrem Armgelenk und stiegen rauschend in die Höhe, sie hatten eine Art Raketenantrieb an ihren Stiefeln. Der junge Guerilla erschrak sich, als sie beide zeitgleich auf dem Dach landeten und nach ihm zielten.
„Waffe fallen lassen, du Bengel!" rief einer von ihnen warnend.
Plötzlich wurde eine Tür aufgeschlagen, die zum Dach führte.
Tirak Silan, der forsche Rebell, kam energisch angerannt.
„Verschwinde! Überlass sie mir!" schrie er seinem Artgenossen zu.
Es folgte ein heftiger Schusswechsel. Geduckt floh der Bursche und rannte durch die Tür danach die Treppen abwärts, wobei er aufgrund seiner Hektik beinahe gestolpert wäre.
Zwei Schüsse verfehlten nur knapp seine Schläfe, Silan spürte dabei die enorme Hitze der Strahlenschüsse, die ihm um die Ohren flogen.
Silan feuerte innerhalb weniger Sekunden bis zu zehn Schüsse ab.
Der feindliche Infanterist wurde am Kehlkopf getroffen.
Funken prasselten knisternd auf das Dach. Er ließ sein Gewehr fallen.
Er torkelte röchelnd rückwärts und stürzte ächzend in die Tiefe.
Tirak rannte los. Sein Wille war ungebrochen. Er ließ sich nicht entmutigen, auch wenn die Überlegenheit des Feindes beängstigend war.

„Ich bring dich um!'' rief Tirak und stürzte sich auf dessen Kameraden. Beide fielen wuchtig zu Boden und rollten umklammert auf dem staubigen Dach entlang. Tirak zückte sein Messer und rammte es ihm mehrfach zwischen die Zähne. Er warf die Leiche in den Abgrund. Schnaufend richtete er sich auf und spuckte dabei aus. Er schnappte sich sein Fernglas und blickte skeptisch in den Nachthimmel. Nach einer Minute verließ er das Dach wieder und stieg die Treppe abwärts bis ins Erdgeschoss. Sein Stirnband war vom Schweiß durchnässt. Unten angekommen, sprang ein Infanterist durchs Fenster. Tirak verpasste ihm drei Kopfschüsse. Er fiel auf die Knie und knallte mit dem Gesicht auf den Boden. Tirak kletterte durchs Fenster.

„Bastarde…'' nuschelte Tirak. Seit drei Tagen war er wach.

„Kaum Schlaf, kaum noch Proviant…ihr verdammten Schweine!'' rief er. Es war ihm egal, ob er gehört wurde bzw. seine Stimme auffiel. Er zog ein Stück Brot aus seiner Hosentasche und aß es murrend auf. Ein Schuss fiel und knallte an die Fassade des Gebäudes. Die grellen Funken prasselten ihm vor die Schuhe. Er kniff die Augen zusammen und rannte los.

„Fahrt zur Hölle!'' rief plötzlich eine Männerstimme seiner Sprache. Drei Männer und eine dunkelblonde Frau, die höchstens 170cm groß und ziemlich jung war, schlossen sich Tirak an und reihten sich neben ihm ein. Tirak freute sich über diesen Beistand.

„Macht sie fertig!'' rief die junge Dame.

Sie feuerten gemeinsam dutzende Schüsse ab.

Der ganze Planet hielt zusammen wie eine verschworene Großfamilie.
Fünf Infanteristen stellten sich ihnen entgegen und erwiderten das
Feuer. Die Infanteristen waren allesamt um die zwei Meter groß.
Einer von ihnen trug eine smaragdgrüne Panzerung und einen Helm in
der gleichen Farbe, während die anderen eine weiße Rüstung mit
schwarzen Stiefeln trugen, die im Mondlicht glänzten.
„Widerstand ist zwecklos!" brüllte der Infanterist mit der grünen
Rüstung. Tirak nahm ihn ins Visier und feuerte drei Schüsse ab.
„Das Großmaul gehört mir…" nuschelte Tirak mit knirschenden
Zähnen. Einer der Partisanen wurde am Bein getroffen.
Sein Unterbein war bis auf die Knochen verschmort.
Er fiel schreiend auf den Rücken und weinte vor Schmerzen.
„Halte durch, Teeza!" rief sein Gefährte.
Er beugte sich nieder und drückte seine Hand.
Als er sich wieder aufrichtete, traf ein roter Strahl seine Stirn.
Er flog meterweit rückwärts, sein Schädel war komplett verschmort
und brannte. Beißender Qualm breitete sich aus. Tirak war außer sich
vor Wut. Er ging in die Beuge und feuerte erneut drei Strahlen nach
dem Anführer der Meute. Er traf dabei sein geladenes Gewehr, das
daraufhin augenblicklich explodierte. Es riss ihm beide Unterarme
weg. Es roch nach verbranntem Fleisch. Er taumelte auf Tirak zu und
bleckte seine Zähne. Auch er hatte Eckzähne wie ein Vampir.
Tirak lief ihm energisch entgegen und schlug ihm das Gewehr ins
Gesicht. Nach dem vierten Schlag fiel der Gigant auf die Knie.

Tirak zog sein Messer und rammte es ihm wuchtig zwischen die
Zähne. Er zog es mit einem Ruck aus ihm heraus, worauf der
Unteroffizier, was er vermutlich war, röchelnd zusammensackte.
Ein Invasor gab einen Funkspruch durch, als er sich den Unterarm vor
die Lippen hielt.
„Wir haben hier massive Probleme mit Aufständischen, fordere
dringend Verstärkung. Sektor Industriegebiet‘‘ sprach er genervt.
Kaum hatte er die Worte ausgesprochen, bekam er einen gezielten
Kopfschuss, der sogar seinen Helm durchschlug. Mit einem glühenden
Loch im Helm taumelte er etliche Schritte und kippte langsam auf die
Straße. Die junge Frau jubelte erfreut. Ein Scharfschütze, ein
einheimischer Untergrundkämpfer, hatte sich dazu gesellt und an
diesem turbulenten Chaos teilgenommen. Er stand an einem Fenster
und winkte ihnen kurz zu. Der Scharfschütze war abgemagert und trug
den Helm eines Invasors. Er drückte erneut ab und traf den Nächsten
zwischen die Augen, der daraufhin zuckend zusammenbrach.
Tirak war sichtlich erleichtert. Der Scharfschütze schoss weiterhin auf
die Invasoren. Ein Infanterist wurde von zwei Schüssen durchbohrt,
die seine Brust trafen. Er taumelte auf Tirak zu und griff ihm an den
Unterarm.
„Hör zu, du Bengel. Deine Heimat ist verloren, du kleiner Bastard.
Diesmal hast du Glück gehabt, doch beim nächsten Mal wirst du den
Kürzeren ziehen‘‘ murrte er. Tirak rollte mit den Augen.
„Halt die Schnauze und hole deine Verstärkung, damit wir noch mehr
von euch fetzen können‘‘ erwiderte Tirak und rammte ihm

anschließend sein Messer in den Unterkiefer. Den letzten Invasor
kreisten sie ein. Doch dieser dachte nicht daran sich zu ergeben.
Er zielte mit seinem schweren Gewehr auf das Mädchen.
Ihr Freund stürzte sich auf ihn und schlug mit seinem Gewehr auf ihn
ein. Anscheinend wollten sie ihn lynchen. Als er auf dem Rücken
landete, schlugen sie alle zusammen mit ihren Waffen auf ihn ein.
Nach drei Minuten war der Riese erschlagen.
„Schau mal, ob er Proviant einstecken hat oder irgendwas
Nützliches‘‘ befahl das Mädchen, Tirak nickte. Sie durchsuchten seine
Taschen und fanden Süßigkeiten bzw. schwarze Waffeln mit weißen
Streifen und Stäbchen, die man offenbar wie Zigaretten rauchen
konnte. Tirak hob eines der feindlichen Gewehre auf.
„Man, das wiegt mal locker 15KG‘‘‘ kommentierte er.
Ein kalter Windhauch wehte durch die Straße.
„Danke dir, Bruder!‘‘ rief Tirak dem Scharfschützen zu, der nur
stumm nickte. Tirak steckte sich die schwarze Zigarette zwischen die
Lippen und suchte nach seinem Feuerzeug.
„Lass besser die Finger davon‘‘ riet das Mädchen ihm.
„Ich nehme seinen Helm‘‘ sprach der Gefährte des blondes Mädchens.
Er erschrak sich, da der Tote noch die Augen offen hatte.
Die roten, glühenden Augen hatten ihre Intension nicht verloren.
Der Scharfschütze hockte sich an eine Wand und öffnete sich eine
Dose Limonade. Tirak nahm einen Zug von dem schwarzen Stäbchen.
Er musste sofort husten.
„Sag ich doch, die sind dir zu stark‘‘ kommentierte die junge Frau.

Er blickte sie an.

„Wir müssen von hier sofort verschwinden, der Mistkerl hat Verstärkung angefordert" erwähnte er. Alle nickten zustimmend.

Tirak schulterte den verwundeten Partisan und sie verließen beeilt diesen Sektor. Plötzlich bemerkten sie das Pfeifen einer Fliegerbombe.

Der Freund des Mädchens weitete seine Augen.

„In Deckung!" schrie er warnend.

Tirak rannte los und sprang durch das offene Fenster einer halben Ruine samt den geschulterten, verwundeten Burschen. Die Bombe schlug mitten auf der Straße ein und hinterließ einen dampfenden Krater. Die Umgebung vibrierte für einen Moment.

Niemand wurde weiterhin verletzt.

„Weiter! Los!" rief der Partisan.

„Nichts wie weg hier" entgegnete Tirak und bleckte kurz die Zähne, als er aus dem Fenster wieder ausstieg.

Der Scharfschütze blickte besorgt aus dem Fenster.

Er war erleichtert. Die Bombe traf sie nicht.

Er trank seine Dose leer und stellte sie sachte am Boden ab.

Der angeschossene Partisan wimmerte vor Schmerzen.

„sei froh, dass er dein hübsches Gesicht nicht traf" kommentierte der andere Bursche, um ihn etwas aufzumuntern.

Das Mädchen verhüllte ihre untere Gesichtshälfte mit einem roten Halstuch, ihre blauen Augen funkelten. Sie ließen die feindlichen Gewehre liegen, da sie ihnen zu schwer waren.

Tirak spuckte auf die Straße.

„Ich befürchte mit dem Südkontinent werden sie härter verfahren‘‘ erwähnte er. Das Mädchen blickte ihn nachdenklich an und fragte weshalb. Tirak kniff die Augen zusammen. „weil sie Rassisten sind, nehme ich an‘‘ antwortete er. Sie waren allesamt entsetzt, über das jetzige Geschehen und darüber, was ihrer kleinen Welt noch alles bevorstand. Es wurde irgendwie stündlich schlimmer. Die Lage schien sich nicht zu beruhigen. „außerdem haben die Diamanten da unten‘‘ fügte Silan hinzu. Tirak Silan rechnete mit einem fatalen Blutbad. Es lief ihm eiskalt den Rücken herunter und für einen Augenblick war er sogar froh darüber, sich im Norden aufzuhalten bzw. dem Norden anzugehören. Er hatte ein ungutes Gefühl im Bauch. Abermals verschlug es Tirak nach Neo City, nachdem er das Wolfpack in den angrenzenden Forsten verließ, die ohnehin fast vollständig eliminiert wurden. Er wollte die kläglichen Überreste der Metropole bis zum letzten Atemzug vehement verteidigen. Er hatte nichts mehr zu verlieren. Er liebte diese Stadt, von der er sich niemals trennen wollte. Es blieben zwar nur noch jämmerliche Trümmer übrig, aber trotzdem wollte er sie nicht verlassen. Wenn das Schicksal es so wollte, dann sollte er in Neo City fallen. Er konnte keinen anderen Zufluchtsort mehr finden. Der Südkontinent war ihm zu weit weg. Außerdem hatte er die Befürchtung, dass dort bereits ebenso gekämpft wurde.
Tirak trennte sich von den Partisanen, denen er zuvor spontan Beistand geleistet hatte und irrte ziellos durch die staubigen Ruinen seiner geliebten Heimatstadt. Es war nur eine Frage der Zeit, bis man ihn entdeckte.

Die Entführung

Tirak war erschöpft.
Er hockte sich seufzend auf eine Holzbank, zwischen Bäumen und
Sträuchern, die abgebrannt waren. Er holte ein Stück Schwarzbrot
hervor, das er zuvor in seiner Hosentasche verstaut hatte.
Ein eisiger Windhauch wehte durch die Straßen. Er nahm einen
Bissen und kaute langsam. Langsam hob er seinen Kopf und blickte
verdutzt nach oben. Er ließ das Brotstück fallen und rannte los.
Über ihm schwebte eine schwarze Flugscheibe, die zuvor in den
nördlichen Provinzen unterwegs war. Die Flugscheibe nahm die
Verfolgung auf. Zu seinem Pech stellten sich ihm einen kurzen
Augenblick später drei Soldaten entgegen, die mit ihren Gewehren
nach ihm zielten. Sie forderten ihn dazu auf, stehen zu bleiben und
sich nicht zu bewegen. Er gehorchte ihnen, da er nicht erschossen
werden wollte. 30 Meter über ihm stoppte die seltsame Flugscheibe.
Ein zischender, roter Strahl wurde abgeschossen. Tirak hatte sich mit
seiner Niederlage schnell abgefunden. Er ließ seine Waffe fallen und
schloss die Augen. Er spürte eine enorme Hitze und beugte sich
seinem Schicksal.

Im Mutterschiff der Black Viper

Tirak öffnete langsam seine Augen, die sich immer noch schwer anfühlten. Er ahnte, dass er zeitweise schwer betäubt wurde.
Sie hatten ihn verschleppt, dies wurde ihm klar. Er erblickte das schneeweiße Gesicht von Dr. Zanis, dessen eckige Brille so weiß war, dass man seine feuerroten Augen dahinter nicht sehen konnte.
Dr. Zanis lächelte ihn an, als er sein Erwachen bemerkte. Seine perfekten Zähne blitzten kurz auf. „willkommen im schlimmsten Albtraum von allen…der Realität" flüsterte er grinsend. Tirak hatte keinen Zweifel daran, dass diese Spezies womöglich mit Abstand die schlimmste Plage in der gesamten Galaxis war. Sie waren kühl, berechnend und kannten kein Erbarmen. „oh, du möchtest sicher wissen, wo du dich befindest" sprach Dr. Zanis und hockte sich ihm gegenüber. Dr. Zanis lehnte sich zurück. „deine Heimat liegt in Schutt und Asche…und wir sind auf dem Weg nach Aldebaran. Du bist hier auf der Krankenstation des Mutterschiffes" erwähnte er. Tirak blickte ihn überrascht an. Er wusste bereits, dass Kanzuma verloren war. Doch nun erhielt er eine brisante Information. Die Heimat dieser kaltschnäuzigen Unmenschen befand sich also in dem Fixsternsystem Aldebaran. Von diesem Sektor hatte er mal gehört, doch wusste er nicht, dass dort auch Leben in irgendeiner Form existierte. Tirak wurde skeptisch, als er an seinen Gesundheitszustand denken musste. „was haben Sie mit mir gemacht?" wollte Tirak Silan wissen.

Dr. Zanis räusperte in seine Faust.
„nun ja, noch nicht sonderlich viel‘‘ antwortete der Arzt kühl.
„werde ich etwa euer Versuchskaninchen?‘‘ fragte Silan mit
schwächlicher Stimme. Die Miene des jungen Arztes verfinsterte sich.
Er beugte sich in seine Richtung.
„das liegt ganz allein an dir…‘‘ wisperte er.
„was haben wir euch getan? Warum habt ihr das getan?‘‘ fragte Tirak.
„du solltest es nicht persönlich nehmen…schon viele Völker haben
die Knechtschaft des Imperiums kennengelernt…wir machen keinerlei
Unterschiede‘‘ erklärte Dr. Zanis. „Imperium?‘‘ fragte Silan verdutzt.
Dr. Zanis nickte langsam. Anderen Freiheitskämpfern war dieses
Ausmaß längst bewusst. Sie wussten bereits, mit was sie es zu tun
hatten. Mit einem bedrohlichen Schatten, der im Kosmos expandierte,
alles Licht verschlang und sich wie ätzende Säure ausbreitete.
„das galaktische Imperium Aldebaran…und wir haben die Flotte
Black Viper entsandt…zu denen auch ich gehöre. Die Blood Falcon
sind unsere galaktischen Nachbarn und haben sich uns vor wenigen
Jahrzehnten angeschlossen. Sie sind rassisch gesehen quasi eine
Unterart von uns‘‘ schilderte der junge Wissenschaftler.
Silan bekam eine traurige Mimik, als er auf die friedlichen Jahre
zurückblickte, als er im sommerlichen Sonnenschein seine blühende
Heimatstadt völlig sorglos durchquerte und lachende Kinder sah, die
Fangen spielten oder sich an einem Kiosk köstliche Süßigkeiten
kauften. Die Erinnerung brach ihm das Herz.
„wir liebten unsere Heimat‘‘ wisperte Tirak mit Tränen in den Augen.

„Liebe ist nur ein Überlebensinstinkt" kommentierte der Mediziner abweisend und kühl. „Ihr habt uns die Apokalypse gebracht" fügte er hinzu. „Nichts weiter als natürliche Auslese…" wisperte der junge Arzt. Mitgefühl konnte er nicht erwarten. Nicht von diesen galaktischen Verbrechern, die seiner verlorenen Heimat unsagbares Leid und Not brachten. Silan kniff die Augen zusammen. Eine Diskussion erwies sich als sinnlos. „ihr seid das schlimmste Krebsgeschwür im gesamten Universum" brummte Tirak. Dr. Zanis lachte leise und klopfte ihm aufs Knie.

„Du bist garantiert nicht der Erste, der das über uns sagt" entgegnete Dr. Zanis. Die innere Wut verzerrte die Mimik von Tirak. Seine Augenlider und Wange zuckten. „Eines Tages wird euch jemand Einhalt gebieten!" fluchte Tirak mit lauter Stimme. Der Arzt schüttelte den Kopf und lächelte kurz. „Absolut unmöglich" entgegnete er und winkte ab. „Unserer Technologie und Effizienz kann niemand das Wasser reichen. Wir sind die Herren der Galaxis" behauptete Dr. Zanis arrogant. Plötzlich hob der eiskalte Mediziner warnend seinen Zeigefinger. Schwarze Lederhandschuhe verhüllten seine Hände.

„Wir hatten euer kleines Paradies schon lange mit hohem Interesse beobachtet und der Imperator erteilte schließlich den Befehl, euch zu unterwerfen…es wurde lange genug gezögert" erwähnte er.
Er lächelte für einen kurzen Augenblick. „Ihr habt wahrlich tapfer gekämpft…ihr habt meine Anerkennung" schwafelte er nebenher. Tirak blickte genervt zu ihm. „Was bedeutet der Name Zanis bei

euch?" fragte Tirak plötzlich von seiner Neugier getrieben. Dr. Zanis runzelte die Stirn. „Geist, mein Urgroßvater hieß schon so" bestätigte er. „Und dein Name?" fragte er mit einer eigenartigen, freundlichen Stimme. „Morgendämmerung" beantwortete Tirak Silan. Dr. Zanis nickte. „Du wirst die Morgendämmerung deiner Heimat nie wieder sehen…" kommentierte Dr. Zanis. Langsam richtete sich der finstere Arzt auf. „Du wirst garantiert einen Kulturschock kriegen, wenn wir ankommen" erwähnte er nebenher. Silan blickte ihn fragend an. „Unsere Heimat ist die ewige Nacht…du wirst die Sonne vermissen" meinte er. Tirak blickte verärgert zu ihm und kochte vor Wut.
Er war komplett fixiert und konnte lediglich seinen Kopf bewegen.
Langsam legte er seinen Kopf ab und schloss seufzend die Augen.
„Ich wäre lieber auf Kanzuma gestorben…" beteuerte er. Langsam öffnete er wieder seine intensiven, grünen Augen. „Wie viele Welten habt ihr schon überrannt und in den Krieg gestürzt?" wollte der Bursche wissen. Dr. Zanis lächelte kaum merklich und stand auf, er verließ langsam den Raum. Er ignorierte seine Frage und bewahrte vorübergehend Stillschweigen. Tirak seufzte abermals und rollte die Augen. Dr. Zanis schritt wortlos Richtung Ausgang. „Arrogantes Arschloch…" murmelte Tirak. Dr. Zanis durchlief mehrere Gänge, die für ahnungslose Außenstehende sicher abschreckend waren.
Doch für ihn war dies ein gewöhnlicher Anblick, der ihm wahrscheinlich auch gefiel. Vielleicht empfand er sogar Freude und Stolz bei diesem schaurigen Anblick. Der alte Hellseher behielt Recht.

165

Sie waren wahrlich eine satanische Spezies und jedes Volk im Kosmos sollte beten und hoffen, ihnen niemals zu begegnen. Wer ihnen jedoch begegnete, kollidierte mit einem Inferno des Grauens. An den Wänden reihten sich große eckige Behälter, die mit einer farblosen Flüssigkeit befüllt waren, in denen kleine Blasen aufstiegen und lautlos blubberten. In ihnen befanden sich komplette Wirbelsäulen, an denen sich unversehrte Schädel befanden. Welchem Zweck dies diente, war fragwürdig. Vielleicht lediglich dekorative Trophäen ihrer inhumanen Feldzüge? Dr. Zanis kontaktierte nun ehrfürchtig seinen General. „der Erdwurm ist wieder munter…‘‘ bestätigte er. „er hat den Verlust seiner Heimat anscheinend gut verkraftet‘‘ fügte er hinzu. Der General kratzte sich nachdenklich am Kiefer. „Ja, sie sind ziemlich belastbar, diese kämpferischen Menschen‘‘ meinte er dazu. Dr. Zanis nickte zustimmend. „Wir haben sie alle zu Waisen gemacht, sie haben nichts mehr zu verlieren. Wenn wir sie nicht bändigen, wird der Laden uns vielleicht um die Ohren fliegen‘‘ meinte der unheimliche Arzt. Der General lachte leise. Dr. Zanis blickte ihn verdutzt an. Der General goss sich blutroten Wein in einen schwarzen Becher. „Die Knechtschaft des Imperiums wird sie regelrecht erdrücken…sie werden niemals aufbegehren…und es wird niemals jemand erscheinen, um sie zu befreien. Niemand wird es jemals erfahren, niemand bekam etwas mit. Ihre Geschichte und ihr Volk werden in Vergessenheit geraten wie kosmischer Staub…‘‘ beteuerte der finstere General, dessen rötliche Augen feindselig wie eine Feuerglut glühten, als er die letzten beiden Worte äußerte.

Die Ankunft

Dr. Zanis winkte Tirak zu sich und forderte ihn damit wortlos auf, sich zu ihm zu gesellen. Zuvor wurde er von seiner Fixierung losgebunden. Argwöhnisch und langsam stellte sich Tirak neben ihn und blickte neugierig aus dem rechteckigen Sichtfenster. Tirak blieb anfangs ruhig und gefasst. Er sichtete eine rabenschwarze Großstadt, deren matte Lichter in einer weißen Farbe gespenstisch flimmerten. Die Gebäude hatten allesamt eine schwarze Farbe, vier Wolkenkratzer waren so groß, dass sie die dunkelblauen Nachtwolken wie Lanzen durchbohrten, die wie aufgedunsene Schwämme die Stadt teilweise überdeckten. Er sah flache Gebäude, die wie Fabriken aussahen, aus denen dichte Rauchwolken in den finsteren, lichtlosen Himmel wie gesichtslose Totengeister emporstiegen. Die moderne Stadt war wie ein bizarrer Fremdkörper in einem Tal eingebettet, umgeben von nadelspitzen Gebirgszügen, die ebenfalls schwarz wie Kohle waren. Von den insgesamt drei Monden war nur einer momentan sichtbar, der lediglich zu einem geheimnisvollen Sichelmond geformt war und irgendwie unheimlich glühte. Noch ahnte er nichts von den Stationen und Basen innerhalb der Monde, in denen fast täglich routinierter Hochbetrieb herrschte. Plötzlich legte Dr. Zanis einen Arm um seine Schulter, was Tirak sofort sichtlich anwiderte. Nun waren sie angekommen, aber noch nicht gelandet.

„Siehe es dir an, mein Junge, deine neue Heimat!" sprach er mit freundlicher Stimme und einem Lächeln im Gesicht. Tirak traute seinen Ohren nicht und kochte innerlich. Er spürte Wut und Hass. Er erinnerte sich an den freundlichen Eremiten, der zurückgezogen in den Bergen lebte und vor einer mysteriösen Spezies warnte, die er als hochgradig gefährlich einstufte. Er erinnerte sich an das exquisite Einkaufszentrum, in dem er als Kind gern Karussell fuhr oder sich knallbunte Bonbons kaufte, die entweder süßlich oder sauer schmeckten. Er erinnerte sich auch an die letzte Neujahresfeier, als er in Neo City mit seinen Freunden Unmengen Bier trank, sie nachts mitten auf der Straße wilde Spaßkämpfe austrugen und grelle Leuchtfackeln schwenkten. Dies alles hatte er verloren. Nicht nur seine Kultur, die ihn mit Stolz erfüllte. Seine Hände waren am Rücken geknebelt. Doch es war ihm egal. Er konnte sich nicht länger zurückhalten. Sein Puls schoss in die Höhe, der Adrenalinpegel ebenso. Er sah nur noch rot wie ein gereizter Stier. Plötzlich stürzte er sich auf den jungen Wissenschaftler und verpasste ihm einen wuchtigen Kopfstoß gegen den Kiefer. Tirak zögerte nicht und rammte ihm eine Sekunde danach sein Knie in den Bauch. Dr. Zanis verlor seine eckige Brille, die Tirak vor die Füße fiel. Als er ächzend zusammenknickte, bekam er einen gewaltigen Tritt ins Gesicht. Er fiel auf den Rücken und schlug mit dem Hinterkopf am steinharten Boden auf. Blut lief aus seiner Nase. Er zog hastig seine Schusswaffe aus dem Holster an seiner Koppel, die Tirak jedoch mit einer halben Körperdrehung sofort aus seiner Hand trat.

Darauf löste sich ein zischender Schuss, der sein Ohr nur knapp verfehlte und knisternd an die Wand prallte. Tirak drückte ihm seinen Fuß an die Kehle. Er trug immer noch seine schweren Stiefel.
„Löse sofort meine Fesseln und ich verschone dein Leben" forderte Tirak. Seine grünen Augen glühten vor Kampfbereitschaft.
„In Ordnung, mache ich" krächzte Dr. Zanis.
Er öffnete ein kleineres Holster an seinem Gurt und griff nach einem eckigen schwarzen Gerät, an dem grüne Leuchtdioden blinkten.
Er drückte einen kleinen Knopf daran, worauf sich die Handschellen mit einem deutlichen Klicken lösten und klirrend auf den Boden fielen. Tirak entfernte sich rasch und griff nach der Handfeuerwaffe, die am Boden lag. Dr. Zanis kroch am Boden und schnappte sich seine Brille, die er sich umgehend wieder aufsetzte. Er blickte finster zu Tirak und lächelte für eine Sekunde.
„Du wirst nicht weit kommen, das ist glatter Selbstmord" warnte er.
Tirak blickte entnervt und mit verschwitzter Stirn zu ihm. Er lief zu ihm zurück und verpasste ihm mit Anlauf einen heftigen Tritt gegen die Schläfe. Dr. Zanis verlor sein Bewusstsein und rollte an die Wand.
Tirak ahnte, dass dieser junge Mann als ambitionierter Wissenschaftler nicht die gleiche Abhärtung und körperliche Ausdauer besaß wie die regulären Soldaten der entsandten Eroberungsflotte. Womöglich hatte er noch nie einen Kampf ausgetragen. Er durchsuchte fieberhaft die Taschen des bewusstlosen Arztes. Er entdeckte nach wenigen Sekunden eine Art Funkgerät, ein zweckmäßiges Kommunikationsmittel.

Er konnte sich nicht beherrschen. Er kontaktierte eine Zentrale, die sich in der unheimlichen Großstadt befand, die sie gerade ansteuerten. Wen er kontaktierte, wusste er selber nicht genau. Womöglich eine Zentrale, welche die Navigation des riesigen Mutterschiffes überwachte, in dem er sich aufhielt. Er hatte einfach irgendwelche Tasten betätigt. Er hielt sich das Gerät vor die Lippen.
Er umspannte den Griff der Schusswaffe und blickte mit grimmiger Miene erneut aus dem rechteckigen Fenster. „Könnt ihr mich hören?!" fragte er mit wütender Stimme. „Wer spricht da?" fragte eine weibliche Stimme.
„Ich bin ein jugendlicher Guerilla-Kämpfer. Ihr habt mein Leben zerstört! Nur mein Fleisch ist mir geblieben. Nichts als verbrannte Erde blieb von meiner geliebten Heimat übrig! Ich habe nichts mehr zu verlieren, aber ich werde den Krieg meiner Heimat zu euch bringen! Bis in den Thronsaal eures Imperators! Ich werde euch alle fertigmachen! Zieht euch warm an!" drohte er. Anschließend schleuderte er das Funkgerät an die Wand und zerschoss es in glühende Splitter, als es am Boden landete. Was er bei dem Ausblick aus dem Fenster sehen konnte, gefiel ihm keineswegs, doch die angestaute Wut übermannte sämtliche Ängste. Nun war er angekommen, im Herzen der Dunkelheit. Im Zentrum der Unterwelt; und es gab kein Zurück mehr. Ewige Verdammnis. Weder Sonnenlicht noch das Gezwitscher irgendwelcher Vögel. Nur drei unscheinbare Monde, die zeitweise unheimlich glühten und die an der Oberfläche wie auch im Inneren umfangreiche Stationen und latente

Basen eingebaut hatten, in denen stetig geforscht und eine imposante
Waffentechnik entwickelt wurde. Keine Morgendämmerung, nach der
er benannt wurde. Keine bunten Schmetterlinge oder blühende
Tulpen. Nur die ewige Nacht und eiskalte Finsternis.
Unfassbar, dass auf diesem glanzlosen Stern überhaupt Leben möglich
war, dachte Tirak sich verbittert. Er wollte wenigstens noch so viel
Schaden wie möglich anrichten und dabei am Ende umkommen; als
heldenhafter Märtyrer seiner verlorenen Heimat. Konfrontationen
scheute er längst nicht mehr, egal welcher Art. Er wollte der letzte
Stich einer Nadel sein und vor allem wie die Nadel im Heuhaufen; wie
ein unscheinbarer Schatten untergetaucht inmitten eines gigantischen
Schlachtschiffes, das den Weg zurückgefunden hatte in eine
unheimliche Welt, in welcher er niemals leben wollte. Nicht eine
verdammte Woche.

Tirak schlug seine Faust auf einen Schalter. Mit einem kratzigen
Zischen öffnete sich der Durchgang. Missmutig und argwöhnisch
verließ er die Krankenstation, in der die schwarzen Wände von einem
bläulichen Licht beleuchtet wurden. Er wusste nicht, was er bereits für
unbekannte Medikamente intus hatte und von diesem
unberechenbaren Scheusal mit Doktortitel verabreicht bekam.
Er erinnerte sich nur noch furchtbare Albträume während seiner
Ohnmacht gehabt zu haben; doch das Erwachen in der Realität war
dann doch weitaus schlimmer. Es kam ihm irgendwie vor innerhalb
eines lebenden Albtraums gefangen zu sein, der einfach kein Ende

nahm und sich stetig steigerte. Seine kleine Familie längst tot, seine geliebte Heimat zerstört und nun auf den direkten Weg in eine beschwerliche Gefangenschaft inmitten einer trostlosen Welt, die von einem tyrannischen Imperator dirigiert wurde. Er war schweißgebadet und adrenalingeladen. Er blickte misstrauisch in jede Richtung und jeden Winkel. Er rechnete mit irgendwelchen unscheinbaren Überwachungskameras an den Decken oder in irgendwelchen Ecken. Dieses Schiff hat überall Augen, dachte er sich. Er ließ seinen wachsamen Adleraugen nichts entgehen, doch er wollte auch nicht von den aufmerksamen Augen der feindlichen Generalität gesichtet oder verfolgt werden. Er bekam für einen Augenblick einen Schreck, der ihn zusammenfahren ließ. Er erkannte seinen Fehler. Es war töricht, direkten Funkkontakt aufzunehmen und sich mit diesen überlegenen Giganten anzulegen, auch wenn dies aus Affekt geschah. Seine Flucht wurde längst bemerkt. Schrille Sirenen ertönten und feuerrote Leuchten an den Decken tauchten die Gänge in ein rötliches Licht, das die Schweißperlen auf seiner Stirn nur noch weiter hervorhob. Nur nicht die Nerven verlieren, dachte er sich schweigend und zog konsequent weiter. Der Durchgang zur Krankenstation öffnete sich. Zwei gepanzerte Hünen betraten die Räumlichkeit und entdeckten nach wenigen Sekunden den bewusstlosen Arzt. Einer von ihnen verzerrte sein Gesicht für einen kurzen Augenblick zu einer grimmigen Grimasse, was man aufgrund seines Helmes nicht sehen konnte. Vielleicht verärgerte ihn auch die Unachtsamkeit des Arztes.

„Du bleibst bei ihm" appellierte er an seinen ebenbürtigen
Kameraden und verließ umgehend den Raum, der nur schweigend
nickte. Tirak war inzwischen klar, dass sie ihn jagen würden wie der
Kammerjäger eine Wanze. Ohne Gnade und mit Effizienz.
Doch dies alles war ihm offenbar lieber als in den Fängen eines
Wissenschaftlers zu bleiben, für den er nichts als Verachtung übrig
hatte. Er zeigte ihm gegenüber keine Furcht; denn das wäre für Dr.
Zanis Genugtuung gewesen, diesen Gefallen tat er ihm nicht.
Er rannte an den eckigen Behältern vorbei, denen er jedoch keinerlei
Beachtung schenkte. Sie waren ihm vermutlich schon auf den Fersen.
Wie eisige Jäger, die einen wilden Wolf nachhetzten, der bereits
betäubt wurde. Das Innere des Schiffes war ihr Territorium und für
ihn war es der reinste Irrgarten; in jeder Ecke konnte der direkte Tod
oder eine heimtückische Falle lauern. Er kam sich vor wie eine
verlorene Maus inmitten eines zwielichtigen Labyrinthes voller
zischender Schlangen, aus dem es kein Entkommen gab. Plötzlich
hörte er wutentbrannte, tiefe Stimmen, die von Insassen stammten, die
immer näher rückten. Sein hektischer Blick schweifte durch die
Gegend. Die Nervosität stand ihm ins Gesicht geschrieben.
Sie konnten jeden Augenblick um die Ecke stürmen und ihn
niederstrecken. Er bemerkte ein eckiges Gitter, das offenbar den
Durchgang zu einem Lüftungsschacht versperrte. Ein Weg ins
Ungewisse. Oder vielleicht sogar eine halbwegs sichere Zuflucht,
zumindest vorübergehend. Er lief etliche Schritte rückwärts und
feuerte so oft er konnte mit der handlichen Laserpistole auf das Gitter.

Zahlreiche Funken flogen knisternd umher. Er presste ungeduldig sein Gebiss zusammen. Doch nach dem elften Schuss löste sich das Gitter ächzend aus der Halterung. Es war durch den massiven Beschuss teilweise geschmolzen. Nervös blickte er zur Seite, er hörte lärmende Schritte, die ein schweres Gewicht mehrerer Personen verrieten. Er sah bereits das leuchtende Zielvisier eines Gewehres funkelnd aufblitzen und kurz danach bis zu vier Infanteristen, die sich neben ihrem Kameraden einreihten und nach Tirak zielten. Tirak packte sich das beschädigte Gitter, drehte sich schwungvoll um die eigene Achse und warf es schreiend nach den Insassen dieses monströsen Mutterschiffes. Er kroch so schnell er konnte durch die Öffnung und verschwand aus ihrem Blickwinkel. Er robbte ohne Unterbrechungen weiter. Tirak wusste, dass diese breitschultrigen Hünen samt ihrer Panzerung und Ausrüstung niemals dort Platz gefunden hätten und sich die Verfolgung dieser unbequemen Route somit für sie erledigt hatte. Mit langsamen, beinahe seelenruhigen Schritten, näherte sich der hünenhafte Infanterist der Öffnung, die zum Lüftungsschacht führte, der in unterschiedliche Richtungen mündete und sich womöglich durch das halbe Schiff wie eine Vene zog. Er grinste kaum merklich. Sein Kamerad neben ihm packte seine Taschenlampe aus. „Wie eine Ratte" murmelte er, auch seine Kameraden machten irgendwie einen lockeren Eindruck und ließen sich von dieser rasanten Flucht kaum beeindrucken. Sein Begleiter beugte sich und leuchtete gründlich mit seiner kleinen Taschenlampe durch die finstere Öffnung. Man konnte Tirak weder sehen noch hören.

Mit mürrischer Miene knipste er das Licht aus und steckte sie sorgfältig zurück in die Tasche an seinem Gurt.

Ein betagter General saß in seinem ledernen Drehsessel. Seine eiserne Miene verfinsterte sich für einen Moment, als er von der rasanten Flucht des jugendlichen Gefangenen erfuhr. Tirak hatte sich jedoch selbst verraten, als er einen fragwürdigen Funkkontakt mit den Lotsen und Navigatoren der Großstadt aufnahm, deren bloßer Anblick enormes Missbehagen bei ihm auslöste, das er ohnehin schon vorher hatte, als man ihn verschleppte. Überdies hatte er ihnen noch verbal gedroht und demonstrativ einen unüberhörbaren Schuss nach der kurzen Unterhaltung abgefeuert, bei dem das Funkgerät zerstört wurde. Ein völlig sinnloses Unterfangen, das er nicht überleben sollte, warnte ihn bereits Dr. Zanis. Doch er ignorierte sämtliche Drohgebärden. Hinter dem ergrauten General stand aufrecht ein schwarzer Ritter, der seine stämmigen Arme verschränkt und auffallend lange Beine hatte, die einen gepanzerten Schutz trugen. Er rührte sich nicht vom Fleck und wirkte wie eine reglose Statue, die den Worten seines Befehlshabers schweigsam lauschte.
Plötzlich musste der General schmunzeln. Er wirkte beinahe amüsiert.
„Dieser junge Narr glaubt wohl er könnte mit uns Katz und Maus spielen…aber er kann sich nicht ewig in den Eingeweiden des Schiffs verstecken" sprach der finstere General. Er lachte leise.

„Das ist ein Job für dich, er gehört dir, Alpha Eleven‘‘ fügte er hinzu.
Der schwarze Ritter schwieg weiterhin und kniff lediglich seine
Augen zusammen, was man aufgrund seines Helmes nicht sehen
konnte. Er nahm diesen Befehl zur Kenntnis und zeigte dabei weder
Enthusiasmus noch Missbehagen, sondern eher eine eiskalte
Gleichgültigkeit wie auch Gelassenheit. Er verkörperte den idealen
Prototyp seiner Einheit. Niemals abweichend. Kühl und berechnend.
Seine Einheit galt als absolut zuverlässig und gehorsam.
Sämtliche Befehle wurden strikt befolgt. Es gab kaum etwas, was sie
irgendwie persönlich nahmen. Das bisschen Persönlichkeit, was sie
hatten, widmeten sie ausschließlich ihrem Militär und ihren
Berufungen. Freizeit oder gar Urlaub gab es äußerst selten und wurde
nicht als selbstverständlich angesehen, sondern eher als Entlohnungen
für besondere Leistungen oder erfüllten Missionen. Doch niemand
beklagte sich. Sie waren sich ihrer Pflicht bewusst und niemand wagte
es dem Imperator zu widersprechen. Sie rannten ihm alle hinterher
und verbeugten sich dabei demütig wie bei einem König, der dennoch
hingebungsvoll seinem Volk diente und es niemals vernachlässigte.
Doch wer sich mit ihm anlegte oder ihn beleidigte, riskierte sein
Leben. Er war ein kalkulierender Gigant, der hinter den Kulissen der
Macht die Fäden zog und nur mit Widerwillen die Ratschläge
irgendwelcher Generäle annahm.
Tirak konnte den Alarm nur noch undeutlich aus der Ferne hören, der
zuvor in den Gängen bedrohlich dröhnte. Boden und Wände innerhalb
des engen Lüftungsschachtes waren kalt und hart. Er hielt kurz inne

und robbte nach wenigen Sekunden weiter. Er wusste nicht, ob sie ihn wirklich umbringen wollten. Er leistete immer noch immensen Widerstand. Er wollte so viele von ihnen wie möglich mit in den Tod reißen, da er in dieser Welt nicht leben wollte; schon gar nicht als Sklave. Viele seiner Art bzw. in seiner Altersklasse wurden am Leben gelassen und offenbar für eine ungewisse Gefangenschaft vorbereitet. Tirak spürte harten Frust aufgrund der Niederlage seiner Heimat. Alle Bemühungen waren vergeblich. Doch er wusste, dass er den Palast des Tyrannen niemals erreichen konnte, der diesen unerträglichen Wahnsinn zu verantworten hatte. Er hätte alles dafür gegeben, um auch nur für wenige Minuten in dessen Gegenwart zu sein. Um sich für all das zu rächen, was ihm und seinem stolzen Volk angetan wurde; seine blühende Heimat, das verlorene Paradies, hatte sich in eine abgrundtiefe Hölle verwandelt, doch diese beklemmende Schattenwelt, in welcher sie ankamen, war auch nicht besser als das, was er hinter sich lassen musste. Er fühlte sich machtlos und verloren. Der Ausblick aus dem Fenster zuvor raubte ihm jegliche Perspektive und den allerletzten, kleinen Hoffnungsfunken. Sein Tod sollte ihm die Erlösung bringen, aber er glaubte nicht daran, dass sein Abgang als ärgerlicher Verlust für diese Flotte samt ihrem Imperium wahrgenommen wurde. Alle in seinem Alter sollten wohl bis zum Lebensende als Zwangsarbeiter fungieren, vermutete er. Oder als Versuchskaninchen für irgendwelche Experimente herhalten, bis sie daran krepierten. Er wusste es nicht. Er wusste nur, dass es ihm noch gelingen konnte, die Offiziere innerhalb dieses Schiffes mit seinem

Trotz zu verärgern. Mehr aber auch nicht. Nach einer Strecke von ungefähr 80 Metern kam er an einer Biegung an und erblickte zwei Stellen, an denen Ventilatoren zur Entlüftung kreisten, die eine angenehme Brise in sein verschwitztes Gesicht bliesen. Vorübergehend konnte er ihnen zwar entkommen, aber er wusste nicht, was noch alles bevorstand. Der Schrecken saß ihm immer noch wie ein kaltes Messer im Nacken und die ungeheure Ungewissheit hinsichtlich der Zukunft schnürte ihm langsam seine Eingeweide eng zusammen. Er schwebte weiterhin in Lebensgefahr, doch er dachte nicht daran aufzugeben und stellte sich den allgegenwärtigen Gefahren, die überall bedrohliche Schatten warfen. Doch es war eine Hürde, die er nicht mehr überwinden konnte. So blieb ihm am Ende nur noch sein Durchhaltevermögen. Sie sollten alle sehen, was für ein aufmüpfiger Kämpfer er war. Bis zum bitteren Ende. Vor allem für sein junges Alter. Sie hatten seinem friedfertigen Volk einen beschwerlichen Freiheitskampf aufgezwungen. Getrennt von seinen kämpferischen Gefährten und versunken in seinen bittersüßen Rachegedanken, kroch er ziellos weiter und bekam dabei gewisse Bilder nicht aus dem Kopf, die seine Seele erschütterten und seine Mimik verkrampften. Er wusste, was er war. Eine verlorene Seele, gejagt durch die staubigen Trümmer einer längst vergessenen Stadt. Ein unsterblicher Kampfgeist, gebunden an Rache. Er wusste, seine gekränkte Seele würde niemals Ruhe finden.

Sein Stirnband fehlte ihm. Es wurde ihm zuvor entnommen. In dieser feindlichen Umgebung hätte er damit gern provoziert. Er trug es mit Stolz und Würde. Für ihn war es nicht nur ein Glücksbringer in der schlimmsten Not, sondern auch ein Symbol der Freiheit und Kampfbereitschaft. Es war für ihn weitaus mehr als nur ein Stück Stoff an seinem Kopf. Viele waren eingeschüchtert, doch er ließ sich von diesen Monstren nicht abschrecken, auch wenn sie überall dominierten und zahllose Planeten bereits unterworfen hatten.
Für ihn waren sie hasserfüllte Dämonen, die seinem Volk das Glück nicht vergönnten. Damals dachte er, dass er eines Tages eine attraktive Frau heiraten würde, um eine eigene Familie zu gründen.
In seiner Kultur war diese Tradition für viele Männer selbstverständlich. Doch niemand wurde dazu gezwungen oder gedrängt. Manche von ihnen blieben ewige Junggesellen und wurden niemals Väter. Schließlich waren sie mit etwa 50 Millionen Einwohnern innerhalb ihrer Welt keineswegs überbevölkert. Jeder hatte genug Platz und konnte sich frei entfalten. Sein Kampfgefährte Tenko sollte eigentlich Erzieher werden. Tirak wollte nach der schulischen Laufbahn eine Ausbildung bei der örtlichen Sicherheitspolizei beginnen. Eigentlich wollte er Neo City niemals verlassen. Vielleicht war dies der Grund, weswegen er so verbissen kämpfte und sich nicht einschüchtern ließ, obwohl er sie schrecklicher fand als all die Albträume, die er bislang hatte. Aber für was lohnte es sich noch zu kämpfen, wenn man bereits alles verloren hatte?

Er wusste, was der Frieden wirklich war und für ihn bedeutete.
Nur eine trügerische Fassade, die irgendwann bröckelte. Zum
Vorschein kamen dann die abscheulichen Zähne einer hasserfüllten
Fratze; die Zähne des Krieges, die nichts und niemanden schonten.
Die Schrecken des Krieges hatte er zwar bereits hinter sich und
gewissermaßen überstanden, doch was danach folgte, war eine
drakonische Bestrafung, die er nicht verdient hatte und niemals
akzeptieren wollte. Tirak stoppte beinahe schreckhaft, als er sich einer
vergitterten, eckigen Öffnung am Boden näherte, die ihm im
Halbdunkel nicht direkt auffiel. Sollte er einen Blick riskieren?
Er wollte nicht bemerkt werden, falls sich unter ihm irgendein Raum
befinden sollte, in denen sich womöglich mehrere Personen
aufhielten. Unauffällig wollte er einen Blick erhaschen. So kroch er
langsam und möglichst lautlos weiter. Tirak war entsetzt und weitete
seine Augen. Er hielt für einige Sekunde den Atem an, wobei er spürte
wie sein Herz gegen die Brust hämmerte. Es war ein Augenblick
tiefster Beklemmung und Besorgnis. Dieser Anblick schürte nur
weiterhin seine inneren Ängste, die er bislang verbergen und
unterdrücken konnte. Er wollte doch eigentlich keine Angst zeigen;
für ihn ein besonderes Gefühl, welches er dem verhassten
Widersacher nicht widmen wollte. Nicht eine verdammte Sekunde.
Er versuchte weiterhin hart zu bleiben. Er merkte, wie seine Augen
sich mit Tränen füllten, doch seine angespannte Mimik zeigte auch
verbitterten Hass, wobei seine Lippen bebten und Wangen zuckten.

Er sichtete mehrere Mediziner in weißen Kitteln, die ihrem Kollegen
Dr. Zanis vom Erscheinungsbild sehr ähnelten.
Sie strahlten die gleiche eisige Kälte aus wie ihr Kollege. Ob er sich
das nur einbildete? Sein Bauchgefühl trübte nur selten seine
Wahrnehmung. Er konnte sehen, wie einer der Mediziner seine Hände
an einem Waschbecken spülte. Sein Kittel triefte vor Blut.
Im Raum reihten sich mehrere metallische Seziertische, auf denen die
Leichen der Männer lagen, die zweifelsohne seinem Volk angehörten.
Männer, die zuvor als Widerstandskämpfer aktiv waren und deshalb
sterben mussten. Vermutlich starben sie bereits zuvor innerhalb der
Heimat, als sie Neo City oder andere Ortschaften verteidigen wollten.
Deshalb hatte man ihre Leichen aus wissenschaftlichen Gründen
einfach aufgesammelt und mitgenommen, vermutete er. Zumindest
eine bestimmte Anzahl derjenigen, die einigermaßen unversehrt
blieben. So viele wie sie eben davon benötigten, schlussfolgerte er.
Dieser heftige Kampf hinterließ Spuren, in mehrfacher Hinsicht.
Dies war bestimmt nur die Spitze des Eisberges.
Er traute ihnen zu, dass sie Unmengen davon mitnahmen und ein
Großteil von ihnen längst eingefroren wurde, vor allem aufgrund des
unaufhaltsamen Verwesungsprozesses, der sie ab einem gewissen
Grad unbrauchbar für diese Fakultät machte. Tirak hatte bei diesem
Anblick noch einen anderen Gedanken, der ihn beunruhigte.
Er hatte die Befürchtung auch dort zu landen. Er wollte unter keinen
Umständen, dass sich irgendwelche Wissenschaftler an seiner Leiche
bedienten, ihn ausweideten, zerstückelten oder sonst irgendwas.

Ihre finstere Welt war seine Endstation, dies konnte er nicht leugnen.
Diesbezüglich machte er sich keine falschen Hoffnungen mehr.
Die Leichen hatten allesamt die Augen verschlossen. Er konnte es sich
nicht erklären, weshalb bei einem der toten Männer das Gesicht von
einem weißen Tuch bedeckt wurde. Dies war auch nicht weiter
relevant. Diese armen Schweine hatten es wenigstens hinter sich und
mussten diese fremde Welt und die Ketten ihrer Sklaverei nicht mehr
erleben, dachte er sich mit verdrossener Miene. Er hingegen hatte dies
alles noch vor sich. Doch er erduldete den drückenden Schmerz der
Ungewissheit und wollte daran nicht zerbrechen. Diese
Aussichtslosigkeit nahm ihm dennoch nicht den Ansporn, weiterhin
zu kämpfen und sich ihnen zu widersetzen. Er wusste bisher noch
nicht genug über diese militanten Unmenschen, welche die halbe
Galaxis in Angst und Schrecken versetzten. Seine Neugierde
diesbezüglich konnte er nicht abstreiten.
Er versuchte Ruhe zu bewahren und beobachtete interessiert das
makabre Geschehen, das sich unter ihm abspielte.
Es war keine Faszination, die sich in seinem Gesicht abzeichnete.
Es war nicht so, dass er den Feind bewunderte.
Es war eher das Entsetzen über so viel Kaltschnäuzigkeit und zugleich
die Ehrfurcht gegenüber ihrer kolossalen Mittel, die teilweise
Technologien hervorbrachten, welche er niemals verstehen konnte.
Er wollte eigentlich niemals militant werden oder fanatisch agieren,
doch er wurde dazu geradezu genötigt.

Er wünschte sich mittlerweile, dass sein verlorenes Volk den Pazifismus niemals erwählt hätte. Es war naiv und töricht anzunehmen, dass es außerhalb ihrer Welt keine Gefahren oder Feindseligkeiten gab. Der ewige Frieden ihrer Welt entpuppte sich als niederschmetternde Illusion. Hätte man mehr in ein eigenes Militär investiert und auf diesen Wohlstand verzichtet, wäre dies vernünftiger gewesen. Doch übrig blieben am Ende nur noch bedauernswerte Bruchstücke und verblichene Überbleibsel einer provisorischen Untergrundarmee, von der er sich jedoch mental nicht trennen konnte. Dieser vorübergehende Status und der damit verbundene Zusammenhalt verliehen ihm ein unbeschreibliches Gefühl. Doch das Band der Loyalität, das sie einst knüpften, wurde zerrissen. Sie waren wie eine zusammengeschweißte Gemeinschaft, die sich geschworen hatte, nicht an all diesen bitteren Schicksalsschlägen zu zerbrechen. Tirak wollte diesen Untergrund nie wieder verlassen. Es war beinahe ein ähnliches Gefühl wie der vertraute Aufenthalt bei einer Familie, die man seit Ewigkeiten kannte. Als er erwachte und Dr. Zanis lächelnd vor ihm hockte, empfand er dies als Demütigung, insbesondere seine zynischen, kaltherzigen Anmerkungen. Er wollte dessen Intelligenz und Intellekt nicht anzweifeln, die bei seiner Spezies wohl ausnahmslos Standard war. Doch dieser junge Wissenschaftler war das beste Beispiel für Skrupellosigkeit, wenn es um das Bestreben der eigenen Karriere ging. Er hatte diesbezüglich keine Schuldgefühle, da war er sich sicher; denn auch er tat nur das, was er für richtig hielt und seine Obrigkeit von ihm forderte.

Tirak wurde aus seinen Gedanken gerissen und spitzte die Ohren. Er runzelte die Stirn. Offenbar schien einer der Mediziner nebenbei ein Gespräch anzufangen. Oder zumindest einen Austausch von Informationen untereinander. Seine Kollegen ließen sich darauf ein und bauten Blickkontakt mit ihm auf. Doch Tirak konnte ihre Sprache nicht verstehen. Dr. Zanis jedoch kannte die Sprache seines bedrohten Volkes und konnte sich mit ihm in seiner vertrauten Landessprache verständigen. Ein schockierender Beweis dafür, dass man sie schon seit langer Zeit studiert und beobachtet hatte. Nachdem der gesellige Mediziner irgendwas geschwafelt hatte, mussten seine Kollegen allesamt lächeln. Einer nickte zustimmend.

Tirak konnte nur vermuten, welcher Inhalt in den wenigen Sätzen steckte, die dort in aller Ruhe während der Arbeit geschwafelt wurden. Vielleicht erwähnte er den aktuellen Speiseplan der Kantine?

Oder machte er sich über bestimmte Personen lustig?

Tirak konnte nur spekulieren. Was er nicht wissen konnte, wie viel Rassismus in deren Ideologie wirklich verankert war.

Der Mediziner erzählte seinem Kollegen nebenher, dass er einen jungen Partisan zuvor gesehen hätte, den er als exotisch bezeichnete, weil er das Aussehen eines „kleinen Äffchens" hätte und er ihm demzufolge ein wildes Wesen zurechnen konnte. Gespickt mit Vorurteilen und einem Hang zum Rassenwahn, der ihre Gesinnung prägte, beendeten sie ihre kurze Unterhaltung und widmeten sich wieder stillschweigend den Leichen. Auf einem langen Tisch lagen diverse Habseligkeiten der Toten, die man akkurat geordnet hatte.

Unter anderem auch ihre Stirnbänder, Sensoren, Opiate und kleine
Familienfotos, die sie zuvor mit sich trugen. Tirak schluckte tief.
Inzwischen hatte einer unter ihnen das Skalpell angesetzt.
Erneut erfolgte eine kurze Anmerkung, diesmal von einem anderen
Mediziner. Er wollte lediglich darauf hinweisen, dass die chemische
Zusammensetzung der mitgeführten Opiate bereits gründlich
untersucht wurde und diese vorsätzlich von den Rebellen
eingenommen wurden, um sich dadurch tagelang wachzuhalten.
Die indigenen Ureinwohner des Planeten, von denen eine massive
Gegenwehr erfolgte, (mit welcher sie rechneten) wurden von ihnen als
„Widerständler" bezeichnet und als wehrhaft eingestuft.
Von solch einer imperialen Truppenmacht den prekären Status
„Widerständler" zu erhalten, sollte ihn eigentlich mit Furcht erfüllen,
doch der Drang nach Vergeltung war offenbar stärker als sämtliche
Zweifel. Er war nicht nur fieberhaft auf der Suche nach seinen
Freunden, die wahrscheinlich irgendwo eingesperrt wurden, sondern
suchte auch die letzte Gelegenheit für seine Revanche. Das, was ihm
und seiner kleinen Familie angetan wurde, nahm er sehr persönlich.
Es war ein gezielter Angriff auf seine private Existenz, mit dem
Vorsatz, junge Menschen seiner Art zu demoralisieren, um damit die
Verfolgung, Ergreifung und schließlich die systematische
Verschleppung schneller zu ermöglichen. Er dachte den Durchblick zu
haben, auch wenn er bisher nur wenig über sie wusste.
Der aussichtslose Freiheitskampf seiner Heimat hatte längst ein Ende
gefunden. Doch er konnte damit nicht so einfach abschließen.

Nichts und niemand konnte ihn davon abbringen, das fortzuführen,
woran ihre Väter kläglich gescheitert waren. Auf den ersten Blick
waren sie Menschen, doch ihre unerbittlichen Feldzüge und die
Tatsache, dass sie keinerlei Empathie empfinden konnten, machte sie
eher zu Monstren, die mit eiskalter Präzision die Perfektion
anstrebten. Dr. Zanis erwähnte bereits, dass ihnen technisch wie auch
wissenschaftlich angeblich niemand das Wasser reichen konnte.
Diese Arroganz beflügelte womöglich sein Auftreten.
Sie hatten irgendwie alle Eigenschaften, die ihn anwiderten.
Dämonen in Menschengestalt, die ihn bedrängten und dennoch ein
stichhaltiger Beweis dafür waren, dass es außerhalb ihrer Sphäre
Böses gab, von dem er vorher nichts ahnte. Einer gegen alle war die
letzte Option, so waghalsig und sinnlos es auch erschien.
Ihm blieb nichts mehr anderes übrig. Doch der Gedanke daran, was
sie noch alles mit ihm anstellen wollten oder konnten, hemmte für
einen Augenblick seinen Willen, weiterzugehen. Seine Hand war der
letzte Griff zur weißen Fahne seiner Heimat, die er wieder abreißen
wollte, da er sich mit dieser Niederlage nicht abfinden konnte.
Die weiße Fahne war das signifikante Sinnbild der Unterwerfung.
Die Stirnbänder hingegen bedeuteten Widerstand bis zum letzten
Atemzug und beharrliche Festigkeit trotz schwerer Krisen.
Die Befreiungsarmee wurde zwar aufgelöst, doch sie existierte
weiterhin – in ihren gebrochenen Herzen. Es war die unvergängliche
Erinnerung an einen Klassengeist, der sich nicht auslöschen ließ.

Dieses Andenken brannte wie eine ewige Flamme. Das konnte ihm keiner nehmen. Noch nicht einmal dieses sogenannte Imperium.
Er wollte nicht weiterhin zusehen, als die Mediziner mit den Obduktionen der Leichen begannen und die Oberkörper aufgeschnitten wurden. Er robbte geschwind weiter.
Anstatt sich kampflos zu ergeben, spielte er mit dem Gedanken, mit etwas Glück eventuell an einen dieser Offiziere heranzukommen, um ihnen damit einen erheblichen Treffer zu versetzen. Dies war nicht unmöglich, doch erforderte Geschick und Nerven wie Drahtseile.
Er wusste nicht, wie lange er das noch alles aushalten konnte.
Er wusste nur, bald würde er an seine Grenzen kommen.
Nicht nur emotional. Er wollte seine Freunde befreien.
Er wollte nicht, dass man ihn irgendwo als Helden feiert.
Er wollte auch nicht in die Geschichtsbücher irgendwelcher Nationen eingehen. Er wollte einfach nur seinen Freunden und somit Angehörigen seines Volkes beistehen, da er diese Kameradschaft nicmals verlieren wollte. Es war das, was sie miteinander verknüpfte. Es war das, was ihm die Kraft verlieh, weiterzugehen und den Kopf nicht in den Sand zu stecken, auch wenn er das ungute Gefühl hatte, dass der Imperator ihm bereits eine unsichtbare Schlinge um den Hals legte; so wie all den anderen Burschen, die sich vehement widersetzten. Was er genau alles anstrebte, konnte Tirak nicht wissen. Manches ließ sich erahnen. Eines war klar. Er suchte auch außerhalb seiner Sphäre nach untertänigen Sklaven; dafür hatte er vielfältige Mittel zur Verfügung. Unter anderem seine lenksamen Heerscharen.

Die Vogelscheuche im Weizenfeld, irgendwo auf dem Nordkontinent inmitten einer gottverlassenen Provinz, war das Abbild seiner Seele. Das blasse Gesicht voller Narben, die Kleidung längst abgewetzt. Doch auch der stürmische Nachtwind konnte sie nicht umbiegen. Auch wenn es bloß eine alte, zusammengeflickte Strohpuppe war, hatte er sich dies verinnerlicht. Er kroch in der Dunkelheit weiter und bemerkte nach einer Strecke von etwa 100 Metern eine Abzweigung. Er musste sich für einen Weg entscheiden.
Er zögerte und hielt für eine Minute inne, bis er sich für den linke Seite entschied. Er seufzte und robbte weiter.
Er bemerkte, dass es heller wurde, da er sich einem Ausgang näherte, der anscheinend zu einem beleuchteten Korridor führte. Er wurde stutzig. Zu seiner Überraschung wurde die Öffnung nicht von einem Gitter blockiert. Wurde er bereits erwartet?
Er griff skeptisch nach der Schusswaffe und kroch langsam weiter. Als er nur noch zwei Meter davon entfernt war, drehte er sich auf den Rücken und kroch wie ein Wurm dem Ausgang entgegen.
Als er bis zu den Schultern aus der Öffnung ragte, weitete er schreckhaft seine Augen. Vor ihm stand ein sogenannter schwarzer Ritter, der ihm von dieser Perspektive wie ein abschreckender Gigant vorkam. Er konnte sich in diesem brenzligen Augenblick kaum vorstellen, dass es irgendwo im Kosmos noch größere Männer gab als diesen unheimlichen Koloss. Seine gesunkenen Mundwinkel ließen

darauf schließen, dass er nicht sonderlich erfreut war über diese Situation bzw. Begegnung. Vielleicht kam er sich auch etwas verspottet vor, da sein General ihm den Befehl erteilte, einen halbwüchsigen Häftling einzufangen, der sie austricksen wollte und zuvor eine dicke Lippe riskierte. Wie auch immer, Tirak musste jedenfalls seine Wut ausbaden. Er wurde nach oben gezogen und mit einer Faust an seinem Hals an die Wand gedrückt. Tirak gelang es, ihn anzuspucken und ihm gegen den linken Arm zu treten. Dabei löste sich eine kleine, dunkle Kapsel aus einem ledernen Band, die klirrend auf den Boden fiel. Die Kapsel wog um die 200g und bekam einen Sprung. Tirak lief blau an und trat weiterhin verzweifelt nach dem Feind. Es gelang ihm den schwarzen Ritter mehrfach in die Seite zu treten, er torkelte einen Schritt zurück und trat mit dem linken Fuß auf die Kapsel, die daraufhin endgültig zersplitterte. Der schwarze Ritter senkte skeptisch seinen Kopf und bekam plötzlich eine panische Mimik. Tirak spürte plötzlich eine Eiseskälte. Kalter, undefinierbarer Dampf stieg empor, der wie hellblauer Nebel aussah. Starker Frost stieg auf und ließ den Giganten wie eine Karotte im Eisfach geradewegs einfrieren. Nach etwa 40 Sekunden war er komplett zu Eis erstarrt. Der Frost stieg ihm bis ins Hirn. Tirak bekam keine Luft mehr und schlug solange auf den Unterarm ein, bis dieser klirrend zerbarst wie der Hammerschlag auf einen Eiszapfen. Er fiel auf die Knie und keuchte. Nach einer halben Minute gelang es Tirak, sich wieder hustend und schnaubend aufzurichten. Fassungslos betrachtete er die eisige Statue, gelähmt und erstarrt wie eine vertikale Säule.

Tirak knurrte und spannte seine Faust. Er verpasste ihm einen Schlag an die Brustmitte, worauf die frostige Säule in hunderte Partikel zerplatzte und rasselnd am Boden landete wie ein farbloser Scherbenhaufen. Er wischte sich erneut den kalten Schweiß von der Stirn und rannte weiter. Doch plötzlich blieb Tirak abrupt stehen und drehte seinen rot angelaufenen Kopf langsam zur Seite. Er bemerkte ein knisterndes Rauschen. Der Gigant hatte sein Funkgerät verloren, das seltsamerweise nicht beschädigt wurde und inmitten der Eiskristalle bzw. seiner Überreste lag. Ein zusätzliches Funkgerät? Normalerweise kommunizierten die Einheiten doch über ihren Unterarm, da dies dort bereits integriert und eingebettet war, dachte sich Tirak. Er näherte sich dem Gerät, hob es auf und legte es langsam an sein linkes Ohr. „Und? Hast du die kleine Ratte festgenommen?‘‘ fragte die alte Stimme eines Generals. Tirak spuckte auf den Boden. „Herr General, wenn sie mich aufhalten wollen, sollten sie besser dutzende Elitekrieger schicken. Ich werde sie alle lebendig häuten…‘‘ murmelte Tirak überheblich ins Gerät. Er schnaufte verächtlich. Der General bekam eine schockierte Mimik und war sprachlos. „Netter Versuch, du widerlicher Schweinehund‘‘ sprach Tirak und ließ das Gerät aus der Hand fallen. Er lief langsam weiter und steckte sich seine Strahlenpistole wieder in den Gurt. „Wer will der Nächste sein…?‘‘ flüsterte er mit feindseliger Mimik. Seine Wut übermannte weiterhin sämtliche Ängste und Zweifel. Immerhin konnte er einen schwarzen Ritter im Kampf überwältigen. Der alte General hatte ihn unterschätzt.

Tirak folgte einfach seinem Instinkt. Er bemerkte ein Tor, das mit einer rötlichen Ziffer beschriftet war. Vielleicht der Gefangenenbereich? Tirak schlug seine Faust an den Schalter, worauf sich das Tor brummend nach oben zog. Langsam trat er ein. Er ahnte es. „Tenko, Saba!" schrie Tirak mehrfach mit Tränen im Gesicht, als er durch den Gang lief und verzweifelt nach ihnen suchte. „Tirak!" schrie Tenko zurück, er sprang an die Gitterstäbe und rüttelte hastig daran. Der Anblick der eingekerkerten Kinder, die seinem Volk angehörten, hatte Tirak ziemlich mitgenommen und aufgewühlt. Die heftigen Geschehnisse der letzten Wochen hatten einen stahlharten Kämpfer aus ihm geformt, doch alles hatte seine Grenzen. Der Anblick dieses Elends schnürte Tirak für einen Augenblick die Kehle zusammen. Seine Lippen bebten, als er sich umsah. Man hörte das Weinen und Wimmern unzähliger Kinder, die allesamt eine ungewisse Zukunft vor sich hatten und von erbarmungslosen Menschenjägern verschleppt wurden – sie sollten ihre Heimat niemals wieder sehen. Mit verstaubten Gesichtern und einem kleinen Hoffnungsfunken in ihren traurigen Kulleraugen beobachteten sie ihn, als er durch den beleuchteten Gefangenkorridor schlich und fieberhaft nach seinen Freunden suchte, die er erst seit wenigen Wochen kannte. Doch schon nach kurzer Zeit waren sie ihm ans Herz gewachsen, da sie das gleiche bittere Schicksal teilten und gemeinsam bis zuletzt erbitterten Widerstand gegen die Übermacht vom Feind leisteten.

Ein Wächter mit einem leuchtenden Stab stürmte energisch auf Tirak zu, den er mit zwei Schüssen der erbeuteten Handfeuerwaffe sofort niederstreckte. Wiederholt rief er nach seinen Freunden. Der Wächter knallte ihm ächzend vor die Füße, der Stab landete scheppernd am Boden. Dunkler Qualm stieg von der Leiche für eine Weile empor. Tirak wusste, dass der junge kaltschnäuzige Arzt, Dr. Zanis, noch am Leben war; doch er hoffte, dass er zuvor etliche Zähne verloren hatte und sein Nasenbein brach, als er ihn überwältigen und ihm entkommen konnte; und zwar den eisigen Krallen eines skrupellosen Wissenschaftlers, für den auch er nichts weiter als experimentelles Menschenmaterial war, bei dem ihm der persönliche Hintergrund des Probanden keineswegs interessierte; ihn interessierten nur die sachlichen Grundlagen der allgemeinen Medizin und die objektive Betrachtung sowie die lückenlosen Analysen der biologischen Genetik; insbesondere die Anatomie andersartiger Völker, wobei er stets Neugierde und Interesse zeigte. Er machte sich darüber keine Gedanken, wie sich irgendwelche Probanden dabei fühlten.

Es interessierte ihn herzlich wenig, ob sie dabei ängstlich oder wütend waren. Gedanken machte er sich eher darum, mit welcher Arbeit, mit welchen Methoden und mit welchen Ergebnissen er die Anerkennung seiner drakonischen Befehlshaber steigern konnte; vor allem die Anerkennung innerhalb der imperialen Volksgemeinschaft. Er war ein Teil davon. Er schwamm mit dem Strom, mit hingebungsvoller Treue und tiefster Demut gegenüber dem Imperator, der andere Welten wie einen Ameisenhaufen betrachtete und allseitig gefürchtet wurde.

Der Imperator war wie ein Gespenst in der Finsternis, nicht für Jeden sichtbar oder präsent, aber dennoch saß er den Offizieren stets im Nacken. Stattliche Truppenführer, die zwar selber einiges zu melden hatten, jedoch unter Druck standen und bei irgendwelchen strategischen Fehlern eine harte Bestrafung befürchteten.
Nicht jeder hatte bereits die Ehre ihm gegenüberzustehen oder ihm gar die Hand zu schütteln. Für unzählige Militaristen war dies erstrebenswert und von hoher Bedeutung. Auch Dr. Zanis begehrte die Auszeichnungen eines galaktischen Tyrannen, den er als heiligen Kaiser seiner Nation ansah. Er wusste stets, auf was er sich da einließ. Ein hartes Regiment, in welcher er selbst ein kleines Rädchen innerhalb einer Kommandostruktur darstellte, wobei er niemals aus der Reihe tanzen durfte; denn dies konnte sich keiner unter ihnen erlauben. Als Angehöriger dieses Kollektivs musste er sich fügen.
In der Hierarchie war er zwar nicht an der untersten Stelle anzutreffen, dennoch gab es bestimmte Autoritäten, die über ihm standen und deren Werkzeug er wurde. Hätte er diese fachmännische Kompetenz nicht aufgewiesen bzw. sich angeeignet, hätte man auf seine Präsenz bei solchen Aktivitäten wie beispielsweise den aktuellsten „Feldzug" gegen die Liga Orions durchgehend verzichtet. Mit diesem Unrecht hatten sie es erreicht, aus zuvor friedfertigen Pazifisten fanatische Untergrundkämpfer zu formen; jedenfalls aus dem kläglichen Rest.

Ein Infanterist stellte sich Tirak entgegen, der ihm schleichend und unauffällig gefolgt war. Langsam schloss sich das Tor wieder.
Tirak hob nervös seine Hand und zielte auf ihn, doch der Soldat war schneller und schoss einen Pfeil ab, der direkt seinen Hals seitlich traf. Ein Betäubungspfeil? Tirak konnte gerade noch einen Schuss abgeben, der den Feind jedoch knapp verfehlte. Er geriet ins Taumeln. Fünf Sekunden später sah er alles doppelt. Ihm wurde furchtbar schwindlig. Er fiel auf die Knie und versuchte sich wieder aufzurichten, was ihm auch gelang. Doch nach wenigen Schritten brach er endgültig zusammen. Er lag zuckend am Boden, seine Augenlider wurden immer schwerer. Er sah den Soldaten über sich, der kurz nach ihm trat. Er verlor sein Bewusstsein und befürchtete, bald im Kerker zwischen seinen Freunden zu erwachen.
Der Soldat hielt sich sein Handgelenk vor die Lippen. Tirak war stark sediert. „Wir haben ihn‘‘ bestätigte er. Sie hätten ihn auch umbringen können, doch lebend war er offenbar wertvoller. Tirak war bewusstlos und versank in einem tiefen Schlaf, der ihm abermals furchtbare Albträume bescherte. Ein Albtraum, der einfach kein Ende nahm und stetig schlimmer wurde. Seiner Heimat und Freiheit beraubt, steuerte er einer ungewissen Zukunft entgegen. Er wusste, dass er nun nichts mehr ausrichten konnte. Sie brachen seinen Widerstand, der ihn zuvor wochenlang beflügelte, motivierte und antrieb.

Der Nebelmond, eine beklemmende Reise

Als Tirak wieder zu sich kam, wurde er durch zwielichtige Gänge gezerrt, die von einem bläulichen Licht beleuchtet wurden.
Er erschrak sich und war fassungslos, als er unzählige Behälter erblickte, die sich in der Wand reihten. Darin befanden sich offenbar Menschen, die lediglich 10cm groß waren. Womöglich die Resultate irgendwelcher Genexperimente. Doch sie waren allesamt leblos.
Ein Durchgang öffnete sich und er wurde in den Raum geschubst, in dem sich eine Röhre befand. Man packte ihn grob an den Armen und befahl ihn, sich in die Röhre zu legen. Anscheinend wollten sie ihn auf Herz und Nieren prüfen.
„Was soll das werden?" fragte Tirak ahnungslos, doch kaum nervös.
„Wir löschen deine Erinnerungen" erklärte der Soldat.
„Das wird doch niemals funktionieren!" entgegnete Tirak Silan.
„Das werden wir ja sehen" murmelte der Soldat der Black Viper.
Tirak ließ die Prozedur über sich ergehen. Er wurde mehr oder weniger gescannt, jedenfalls nahm er dies so wahr. Anders konnte er es nicht beschreiben. Jedes Mal ertönte ein Piepen, sobald ein greller Strahl die Röhre durchfuhr. Nach zehn Minuten wurde er „befreit".
Tirak war überrascht. Er hatte seine Erinnerungen nicht verloren, was er jedoch verschwieg. Womöglich funktionierte es nicht bei jedem.
Ihm wurden mehrere Fragen gestellt.

„Was ist in den letzten vier Wochen geschehen?“ fragte ein Arzt, der plötzlich vor ihm stand und einen weißen Kittel trug.
Ein Unteroffizier, der ein schwarzes Schiffchen trug, hatte nun auch den Raum betreten und musterte Tirak mit neugierigem Blick.
Tirak blinzelte mit den Augen. Er musste sich verstellen.
„Ich habe keine Ahnung, wo ich bin und was die letzten Wochen geschah“ sprach er leise.
Der Arzt, der Dr. Zanis ähnlich sah, lächelte zufrieden.
Tirak hatte die Befürchtung, dass diese Prozedur auch an seinen Freunden getestet wurde und man dabei mehr Erfolg hatte als bei ihm.
Der Unteroffizier nickte dem Arzt wortlos zu.
„Bringt ihn zurück“ sprach der Unteroffizier plötzlich dazwischen, als der Arzt noch weitere Fragen stellen wollte.
„Das reicht!“ fügte er mit lauter Stimme hinzu.
Sie verließen die Räumlichkeit.
Sie betraten einen Fahrstuhl, der hunderte Meter aufwärts fuhr.
Als sie ausstiegen, sichtete Tirak nebenher eine Fabrik oder besser gesagt eine militärische Baustelle. Dort wurden kolossale Maschinen angefertigt. Von der gleichen Sorte, die einst Neo City verwüsteten.
Der zyklopische Gigant, der mit seinem Feuerstrahl Kimbo verfolgte.
Sieben von ihnen standen dort in einer Reihe. Zwei von ihnen fehlten noch die Arme. Einem fehlte der Kopf.
Eine Art Baukran wurde eingesetzt, um die Arme in die Höhe zu transportieren. Das zyklopische Auge war farblos und matt, es steckte noch kein Leben in ihnen.

Sie wurden schließlich noch nicht aktiviert, die Konstruktion war noch nicht beendet. Ein Durchgang öffnete sich und eine Art Roboter wurde auf einer Trage an ihnen vorbei geschleppt, der zappelte und qualmte; offenbar eine Fehlkonstruktion, die man entsorgen wollte. Tirak lugte nun neugierig durch eine Luke in der Wand. Er sichtete einen riesigen Behälter, der an einer Decke fixiert war. Darin befand sich ein Insekt, nein, besser gesagt ein wahres Monstrum! Der Behälter bzw. die Kapsel war mit einer undefinierbaren Flüssigkeit befüllt, kleine Blasen stiegen darin blubbernd aufwärts. Der Rumpf bewegte sich, so als ob es atmete. Es sah aus wie eine Gottesanbeterin, jedoch mit dem markanten Unterschied, dass es keine grüne Haut hatte, sondern eine dunkelblaue Panzerung; und obendrein fünf Meter lang und drei Meter groß war. Es hatte auch eine gewisse Ähnlichkeit mit irgendwelchen Krebstieren. Tirak konnte es nur schwer definieren bzw. beschreiben. Der Nebelmond war wirklich unheimlich. Geheime Genexperimente, unbekannte Waffentechnologien, hier wurde einiges erprobt, wofür ihm das technische Verständnis fehlte. Er hatte nur noch den kleinen Hoffnungsschimmer, wenigstens seine Freunde wieder zu treffen. Dies war der einzige Trost, den er in dieser finsteren Welt noch hatte.

Wochen verstrichen…

Tirak wischte sich den Schweiß von der Stirn und rammte den Spaten in den Erdboden. Er warf einen nachdenklichen Blick zum Nebelmond. Der Krieg war vorüber. Seine geliebte Heimat hatte leider diesen tragischen Kampf verloren. Eine Flucht war undenkbar. Er schloss die Augen und schwelgte für eine Weile in Erinnerung. Er erinnerte sich wieder an die letzte Neujahresfeier, in welcher er sich maßlos mit Bier betrank und wilde Spaßkämpfe mit seinen Freunden mitten auf der Straße ausführte. Er erinnerte sich an das große Einkaufszentrum, wo er gerne saure Bonbons naschte oder als Kind Karussell fuhr. Alles, was ihm am Ende noch blieb, waren seine Erinnerungen. Eigentlich wollte man seine Erinnerungen löschen, was ihnen jedoch nicht gelang. Er war nichts weiter als ein klägliches Überbleibsel einer vergessenen Kultur. Ein verblasstes Fragment einer verlorenen Welt, die rigoros aus dem Kosmos getilgt wurde.
Er hoffte dennoch, eines Tages die Gelegenheit für eine Revanche zu erhalten. Selbst in der schlimmsten Not und während seiner beschwerlichen Sklavenarbeit dachte er nicht daran aufzugeben. Den Ansporn, weiter zu kämpfen, konnte ihm niemand nehmen; noch nicht mal dieses übermächtige Imperium. Er schaufelte an dem Graben weiter, als sich ein Wächter näherte. Er war das letzte kleine Licht seiner Heimatwelt, das niemals erloschen sollte. Sein Kampfgeist brannte weiterhin wie eine ewige Flamme. Er behielt sein Geheimnis für sich. Niemand wusste, dass er seine Erinnerungen, insbesondere an den tragischen Abwehrkampf seiner Heimat, behalten hatte. Seine Freunde hingegen hatten anscheinend ihr Gedächtnis verloren.

Ein starker Wind wehte, der seine Kopfhaare zerzauste. Er wäre lieber auf Kanzuma gestorben. Ihr neues Zuhause war die ewige Nacht und die Unterwelt einer furchterregenden Streitmacht, eine finstere Zukunft stand ihnen bevor. Diese trostlose Welt war leider seine Endstation. Er war zwar wieder mit seinen Freunden vereint, doch es war die ewige Verdammnis. Wenigstens hatten sie diese Schlacht überlebt, dachte sich Tirak mit verdrossener Miene. Am liebsten hätte er die Schaufel einem Wächter ins Gesicht gehauen, doch dies konnte er sich nicht erlauben. Die Aussicht auf eine Revanche hatte er dennoch nicht verloren. Auch wenn es Jahre, gar Jahrzehnte dauern sollte, wartete er weiterhin auf eine Gelegenheit. Tausende Sterne funkelten am Firmament, er fühlte sich vom Nebelmond irgendwie beobachtet und überwacht. Der Nebelmond war abschreckend, er durfte keine weiteren Fehler machen. Unter keinen Umständen wollte er dort erneut landen. Er wollte ihn so schnell wie möglich vergessen und ignorieren, was ihm allerdings schwerfiel. Plötzlich stand Tenko vor ihm, der ihm zuzwinkerte.

„Ich habe mein Gedächtnis nicht verloren, ich habe nur so getan‘‘ flüsterte er ihm zu. Tirak musste lächeln.

„Unsere Rebellion ist noch nicht verloren, nein, sie steht gerade erst am Anfang. Gemeinsam sind wir unzerstörbar. Eines Tages werden wir uns rächen, sei geduldig, alter Freund‘‘ fügte Tenko flüsternd hinzu. Als sich ihnen erneut ein Wächter mit skeptischer Miene näherte, widmeten sie sich wieder ihrer Arbeit und bewahrten vorübergehend Stillschweigen.

Ende?

200

Herstellung und Verlag:
BoD – Books on Demand, Norderstedt
ISBN: 978-3-7386-4959-8